„Nee, oder?", schimpfte Ellen. Kaum hatte sie ihre Finger in die Hackfleischmasse gesteckt, klingelte das Telefon. Unbeeindruckt knetete sie weiter.

Es klingelte wieder.

„Mist!", fluchte Ellen, „warten die Leute mit dem Anrufen eigentlich extra auf einen unpassenden Moment?"

Noch ein Klingeln.

„Ja doch!" Mit dem Ellbogen öffnete sie den Hebel des Wasserhahns und spülte ihre Hände ab.

Energisch klingelte das Telefon noch einmal.

„Wo ist jetzt das blöde Handtuch?"

Sie fand es hinter der Schüssel, in der sie die eben die Zutaten für die Frikadellen zusammengeknetet hatte, zog gehetzt daran und riss damit eine offene Milchtüte zu Boden.

Und die Schüssel mit der Hackmasse.

Diese verteilte sich nun großflächig auf die Fliesen während das Telefon wieder klingelte.

„Oh, Mist!" Ellen stieg über Hackfleisch und Milchpfütze und griff wutentbrannt zum Hörer.

„Was ist?", brüllte sie hinein.

„Oha, meine Liebe! Das ist ja eine nette Begrüßung!"

„Lou, tut mir leid! Es ist gerade etwas unpassend."

„Ach was! Wenn du nicht gerade einen Liebhaber dahast, kann ich mir nicht vorstellen, was eine Hausfrau vom Telefonieren abhalten könnte."

Genervt rollte Ellen mit den Augen.

„Was gibt´s denn, Louise?"

„Hör zu, Schätzchen! Ich halt´s nicht mehr aus hier. Ich brauche mal wieder frischen Wind um die Nase. Ich will auf die Insel. Du warst doch schon seit Jahren nicht mehr da. Kommst du mit?"

„Äh, ich denk drüber nach, ok?", antwortete Ellen und versuchte dabei vergeblich die beiden Katzen von der Hackmasse fernzuhalten.

„Ich ruf dich heute Abend zurück!"

„Da sitzen wir doch längst auf der Fähre!"

„Was soll das jetzt wieder heißen"

„Dass du nicht nachdenken brauchst, meine Liebe! Das habe ich schon für dich getan. Es ist alles gebucht."

Ellen überließ den Katzen resigniert das Feld und ließ sich auf einen Küchenstuhl fallen.

„Wie stellst du dir das immer vor, Louise? Ich muss das doch erst mal mit Holger besprechen."

„Mensch Ellen! Das ist dem doch egal. Der arbeitet doch eh den ganzen Tag. Die Kinder sind groß. Die kommen schon klar. Du kannst mir doch nicht erzählen, dass du nicht mal da raus willst aus deinem langweiligen, grauen Alltag!"

„Also, was heißt hier...also so langweilig...", wollte Ellen eigentlich widersprechen. Da sie aber zu gut wusste, dass Louise nun mal ihre feste Meinung hatte über das traurige Hausfrauendasein im Allgemeinen und über Ellens im Besonderen, ergab sie sich gleich und antwortete:

„Also gut. Jetzt mal von vorne. Wann soll`s denn losgehen?"

„Ich habe uns ein Zimmer in diesem neuen Spa am Westufer gebucht. Erst mal für drei Nächte. Wenn wir die Fünf-Uhr-Fähre nehmen, können wir noch schön was essen gehen und kehren danach bei Juppi ein. Da ist donnerstags immer Live-Musik. Das wäre dann mal was für dich!"

Beeindruckt von der Tatsache, dass Louise bei der Planung auch an ihre Interessen gedacht hatte, antwortete Ellen überzeugt:

„Ist zwar etwas spontan, aber ich werde mal sehen, was sich machen lässt, ok?"

„Na gut! Ich rechne mit dir, Schätzchen! Zu halb vier schicke ich dir ein Taxi zum Hafen."

„Schaff ich!", rief Ellen und legte hastig auf.

Tatsächlich sprach überhaupt nichts gegen ein paar Tage Auszeit. Seitdem die Kinder groß waren, beschränkte sich Ellens Arbeit eigentlich nur noch aufs Putzen. Und selbst das wurde immer weniger nötig, weil kaum noch jemand etwas dreckig machte. So schaffte es selten ein Staubkorn, sich länger als zwei Tage auf einem der hochglanzpolierten Möbel aufzuhalten.

Das stilvoll gestaltete Haus hätte jederzeit für eine neue Ausgabe der `schöner Wohnen´ fotografiert werden können. Obwohl die Einrichtung durchaus gemütlich war, fehlte es doch inzwischen ein wenig an Leben, was Ellen durch Pflanzen und ständig frische Schnittblumen auszugleichen versuchte. Diese zog sie selbst in ihrem ebenso durchgestylten Garten, der wie das Haus eher puristisch in Farbe und Form gehalten war. Es gab viele Gras- und Grünpflanzen mit gezielt gesetzten weiß- oder roséfarbenen, kleinblütigen Blumen für den passenden Hauch von Romantik.

Holger und Ellen hatten das Haus vor fast zwanzig Jahren gebaut und sie hatte mit liebevoller Hingabe daraus ihr Zuhause gestaltet. In all der Zeit lag Ellens Fokus auf diesem Nest, das sie hegte, pflegte und beschützte.

Jetzt war ihre Brut bestmöglich gediehen und flügge geworden. Ellens Arbeit wurde immer überflüssiger und somit verlor ihr Lebensinhalt immer mehr an Bedeutung. Manchmal überkam Ellen ein Anfall von Panik. Auf keinen Fall wollte sie einen Lebensabend in totaler Bedeutungslosigkeit. Dann lief ihr Gedankenkarussell auf Hochtouren. Sie wägte ihre Möglichkeiten ab, googelte `Ausbildung Ü 40´ und `Studium im Alter´.

Meistens endete das aber wieder nur in Frustration, weil bestimmte Voraussetzungen fehlten oder die Bedingungen nicht passten oder einfach doch der Ehrgeiz fehlte, den Alltag komplett umzukrempeln.

So fristete sie in letzter Zeit häufig ein Dasein in Langeweile.

Im Grunde hatte Ellen sich auch schon länger wieder nach Wesum gesehnt. Sie vermisste auch nach so langer Zeit noch diesen Geruch der Freiheit, den das Meer über die Dünen wehte, während die Insel selbst sie in eine tiefe

Geborgenheit hüllte. Wesum war ihre Heimat und würde es immer bleiben.

Früher, als Ellen und Louise noch im Sandkasten zusammenspielten, war das kleine Dorf noch längst kein Touristenmagnet. Heute reihte sich eine Gaststätte an die nächste. Alle immer randvoll. Zumindest in der Hauptsaison platzte das romantische Friesendorf aus allen Nähten.

Dann hatten alte Bekannte, die hier neue Geschäfte eröffnet oder die Betriebe der Eltern übernommen hatten, oft kaum Zeit für einen Plausch mit Ellen und Louise. Ellen kam daher auch nur noch sehr selten und dann gern mal zu anderen Jahreszeiten zurück nach Hause. Louise, deren Mutter noch immer dort lebte, lockten die prall gefüllten Bars, die Beachpartys und was sonst noch so alles veranstaltet wurde, öfter mal auf die Insel zurück.

Dann tanzte, trank und flirtete sie meist, was das Zeug hielt. Lou liebte früher das Bad in der feiernden Menge und genoss es noch heute. Nicht nur darin unterschieden sich die Freundinnen inzwischen sehr.

Ellen flitzte in den Keller, kramte den kleinen Rollkoffer aus dem Schrank und lief zurück nach oben. Auf der Hälfte der Treppe drehte sie um, rannte zurück zum Schrank und tauschte den kleinen Rollkoffer gegen den großen Rollkoffer.

Auf dem Weg zum Kleiderschrank im Schlafzimmer fiel ihr Blick kurz in die Küche. Die Katzen hatten inzwischen den Großteil des Frikadellenteigs weggeputzt, dafür aber die Milch mit ihren Tatzen weiträumiger verteilt.

„Ach ja, Mist! Das hätte ich fast vergessen.", murmelte Ellen.

Sie kratzet den Rest des Hackfleischs zusammen und wollte eben die Milch aufwischen, als die Haustür ins Schloss fiel.

„Hi Mom!", hörte sie von Weitem.

Gleich darauf stand Jan in der Tür.

„Gibt´s heute kein Essen?"

„Doch, natürlich. Ich bereite es jetzt immer auf dem Fußboden zu. Da hab ich einfach mehr Platz…", zischte Ellen.

„Hä?"

„Nein! Es gibt heute kein Essen!"

„Ok, hab´ eh jetzt Fahrstunde.", sagte Jan teilnahmslos und drehte gleich wieder um.

„Tschüss!", rief Ellen hinterher.

Als der Boden sauber war, war es fast halb eins. Schnell griff Ellen zum Telefon und wählte die Nummer der Praxis.

„Praxis Dr. Herbst. Sie sprechen mit Birgit Baumann…?!", hörte sie am anderen Ende.

„Hallo Birgit. Hier ist Ellen. Kann ich meinen Mann sprechen?"

„Hallo Ellen. Tut mir leid, dein Herr Doktor ist im Gespräch. Soll ich was ausrichten?"

„Ja, sag ihm doch bitte, er soll nicht zum Mittag nachhause fahren. Ich komme gleich bei euch vorbei und würde gern mit ihm in der Stadt was essen gehen."

„Alles klar! Bis gleich!"

Schnell warf Ellen noch einen Blick in den Spiegel, kämmte einmal kurz durchs mittellange, dunkele und inzwischen leicht graugesträhnte Haar und zog eine Strickjacke über.

Wieder ging die Haustür auf.

„Anna?" Ellen sah ihre Tochter fragend an. „Was machst du denn hier?"

„Hi Mama! Gibt's kein Essen?" Anna erntete einen bösen Blick. „Willst du weg?"

„Ich bin auf dem Weg zur Praxis. Und du? Ist eurer neuen WG die Fertigpizza ausgegangen?" Sie drückte Anna einen flüchtigen Kuss auf die Wange.

„Sehr witzig! Ähm, also ich wollte noch ein paar Klamotten holen. Die meisten Schränke haben wir jetzt endlich zusammengeschraubt."

„Das ist doch super! Dann kann Papa dir die restlichen Kisten ja auch bald mal bringen.", murmelte Ellen während sie nach dem Autoschlüssel kramte.

„Tja, dafür fehlt mir leider noch eine Kommode. Die steht aber noch im Möbelladen."

„Warum das? Ist was mit dem Transport schiefgelaufen?"

„Nein. Mit der Bezahlung. Die Kommode ist total schön und ich brauche sie wirklich. Aber ich bin völlig blank!", erklärte Anna mit süßem Lächeln.

„Ach so! Daher weht der Wind! Ich dachte schon, du hast uns vermisst."

„Das natürlich auch!"

Als Ellen den Schlüssel endlich gefunden hatte, wand sie sich Anna zu.

„Was soll das Ding denn kosten?", fragte sie.

„250 Euro!", antwortete ihre Tochter schnell.

„Was? Wie groß ist die denn?"

„Naja, ok, 150 Euro. Aber ich dachte, bevor ich euch die Tage wieder anpumpen muss…"

„Ja, danke! Sehr rücksichtsvoll!" Ellen wühlte in ihrer Tasche. „Na gut, ich denke, deinem Vater hättest du noch mehr abgeschwatzt."

Sie gab Anna die erhofften 250 Euro.

„Jetzt muss ich aber los, sonst ist Papas Mittagspause gleich wieder vorbei!"

„Danke Mama! Du bist die beste. Ich hab dich lieb!"

„Ja, das kann ich mir vorstellen! Grüß deine Mitbewohnerinnen!"

Ellen sprang ins Auto und sah Anna noch kurz winken und dann im Haus verschwinden.

Eine schöne Zeit, die da auf Anna zukommt, dachte Ellen. Die Studienzeit, die erste eigene Wohnung. Sie freute sich sehr für ihre Tochter, auch wenn sie oft eine große Wehmut und manchmal sogar etwas Neid überkam. Sie selbst hatte diese Zeit auch so genossen.

Als Teenager war sie damals mit ihren Eltern und ihrem Bruder von der Insel Wesum in den kleinen Hamburger Vorort gezogen. Ihr Vater arbeitete schon lange in Hamburg und bis dahin hatte er oft einige Tage in der Stadt bleiben müssen, weil die Fährverbindung schlecht war. Damals hatten ihre Eltern ihr nicht recht verständlich machen können, warum sie unbedingt jetzt, kurz vor ihrem Schulabschluss noch umziehen mussten. Heute war sie davon überzeugt, dass die Wochenendbeziehung ihrer

Eltern in dieser Phase wohl derbe auf der Kippe stand. Sie war stolz und dankbar, dass ihre Eltern diesen Schritt gegangen waren und so allem Anschein nach ihre Ehe retten konnten.

Genau wie jetzt Anna war auch Ellen nach dem Abi zwar in Hamburg geblieben, aber in eine Wohnung in der Stadt gezogen.

Vielleicht würde auch Anna den Mann ihres Lebens im Studium kennenlernen. Allerdings würde Ellen ihr dann raten, unbedingt das Studium durchzuziehen, wenn der Wunsch, eine Familie zu gründen auch noch so groß sein würde.

2

In der Praxis angekommen, wurde Ellen herzlich von Sprechstundenhilfe Birgit empfangen.

„Schön, dich mal wieder zu sehen. Dein Herr Doktor hat noch eine Patientin, dann könnt ihr gleich los."

„Alles klar, vielen Dank! Ich bin auch etwas in Eile.", erwiderte Ellen. „Ich möchte heute noch nach Hause auf die Insel fahren und Holger weiß noch gar nichts davon."

„Oha, ist was passiert? Oder warum muss das so plötzlich sein?"

„Nein. Zumindest nicht, dass ich wüsste. Das ist mal wieder eine von Louises Spontanaktionen.", erklärte Ellen, setzte sich auf einen Stuhl im leeren Wartezimmer und wühlte in den Zeitschriften.

Birgit lehnte sich an den Türrahmen und verschränkte die Arme.

„Also, beim besten Willen, kann ich nicht verstehen, dass du mit dieser schrecklichen Person befreundet bist."

„Ich weiß, Birgit. Aber, wie ich schon so oft erzählt habe, ist sie nun mal meine älteste Freundin und die einzige, die ich noch von der Insel habe. Als sie damals nach der Schule auch nach Hamburg gekommen ist, habe ich mich riesig gefreut. Sie hatte hier nur mich. Wir hatten eine Wohnung zusammen und auch das hat wirklich gut geklappt."

„Ja klar!", sagte Birgit und ging wieder hinter ihre Theke. „Weil du zu gut bist für diese Welt."

Ellen lachte. „Das nehme ich jetzt mal als Kompliment!"

Die Sprechzimmertür ging auf. Arzthelferin Helene und die Patientin kamen heraus und begrüßten Ellen freundlich.

„Das ist übrigens auch so eine!", flüsterte Birgit Ellen zu. „Bei der müssen wir auch vorsichtig sein. Die ist scharf auf deinen Doktor!"

Ellen lachte und verdrehte die Augen. Birgit tratschte für ihr Leben gern und sah überall Skandale. Außerdem, so glaubte Ellen, war sie selbst schon seit Jahren ein bisschen verliebt in ihren Chef und daher grundsätzlich auf jede neue Kollegin eifersüchtig.

Dann folgte auch Holger. Ellen liebte seinen Anblick, wenn er den weißen Arztkittel trug. Er war immer noch ein attraktiver Mann. Bis auf einen leichten Bauchansatz hatte er seine gute Figur erhalten und auch sein Haar war zwar leicht grau, aber keines Falls weniger geworden.

Er holte seine Jacke aus dem Schrank, gab Ellen einen Kuss und schob sie mit einem „Bis gleich!" aus der Tür.

„Du hast es aber eilig.", wunderte sich Ellen, „Hast du so großen Hunger?"

„Allerdings! Und ich freu mich riesig, mal wieder mit dir essen zu gehen.", antwortete Holger und nahm sie in den Arm.

Als die beiden im Restaurant ihre Bestellung aufgegeben hatten, erklärte Holger seiner Frau noch einmal, wie sehr er sich freute, dass sie diese Idee gehabt hatte.

„Vielleicht sollten wir diese Mittagssache sowieso mal überdenken. Es kommt meistens doch eh keiner mehr zum Essen nach Hause.", meinte er.

Ellen durchfuhr ein kurzer Stich, den sie sich eigentlich nicht wirklich erklären konnte. Und obwohl sie selbst auch schon den Gedanken hatte, das tägliche Kochen aufzugeben, stieg Wut in ihr auf.

„Also, heute haben sich gleich zwei Leute beschwert, dass es kein Essen gab und außerdem … noch geht Jan zur Schule und braucht eine vernünftige Mahlzeit, wenn er nachhause kommt. Wenn du dich lieber rumtreibst, statt bei deiner Familie zu essen: Bitte!" Beleidigt nahm sie einen hastigen Schluck aus dem Glas.

Holger sah sie verwundert an.

„Ich dachte, du freust dich, wenn du kein Essen mehr machen musst. Eigentlich dachte ich sogar, dass du nur darauf wartest…"

„Um dann was zu tun?"

„Ja, keine Ahnung! Was Frauen so machen… ähm…"

Ellen sah Holger erwartungsvoll an. Oder vorwurfsvoll? Er konnte es nicht deuten.

„Mehr Zeit für dich selbst? Oder ein nettes Hobby?"

„Ich hab kein Hobby!", brummelte Ellen.

„Na, da lässt sich ja drankommen. Was machen denn die anderen so, mit denen du gern zusammen bist?"

„Die arbeiten oder haben sonst irgendwelche sinnvollen Aufgaben."

„Also, wenn du willst, such dir einen Job. Ich hätte nichts dagegen."

„Mit Ende vierzig?"

„Du wärst nicht die erste, die in dem Alter wieder in den Beruf einsteigt."

„Wenn ich einen hätte, würde ich das gerne tun. Ich könnte natürlich kellnern gehen. Das wäre ein Traum!"

„Ach Ellen, dass du damals dein Studium abgebrochen hast, war deine freie Entscheidung."

„Ich weiß. Ich dachte irgendwie, ich hätte noch so viel Zeit…"

Das Essen kam. Eine Zeit lang aßen beide still vor sich hin.

„Warum genau habe ich heute die Ehre, dass du mich zum Essen abholst?", fragte Holger dann vorsichtig.

„Das mit dem Kochen hat heute … zeitlich alles nicht so gepasst. Und ich habe was mit dir zu besprechen. Louise will mit mir auf die Insel. Heute Nachmittag."

„Tse typisch! Da hätte sie dich nicht vorgestern schon mal nachfragen können?", meinte Holger amüsiert.

„Du kennst sie doch! Was sie sich in den Kopf setzt muss gleich passieren. Sie hat alles schon gebucht. Für drei Tage. Was sagst du?"

„Natürlich kannst du mitfahren. Von mir aus gerne. Ich komm schon klar."

Als Ellen keine Miene verzog, schob er schnell hinterher:

„Jan kann doch vielleicht bei deinen Eltern essen und wenn mein Hunger zu groß wird, lade ich mich auch einfach da ein. Und in drei Tagen können wir im Haushalt auch nicht so viel Schaden anrichten."

Um die Stimmung etwas aufzulockern, erzählte Holger von seiner Arbeit. Er erzählte viel und Ellen hörte zu.

Er war ganz süß, wenn er so redete. So gut gelaunt. Erzählte er zuhause auch so viel? Wahrscheinlich nicht, weil Ellen immer irgendwas zu tun hatte und weil immer jemand kam oder ging. Oder hörte sie zuhause einfach nicht so zu? Vielleicht sollte man sowas doch mal öfter machen. Sich woanders treffen. Ob sie Holger dann wieder ganz anders wahrnehmen würde? Vielleicht würden ihre Gefühle zu ihm wieder leidenschaftlicher. Waren sie denn überhaupt noch leidenschaftlich? Wenn Ellen ihren Alltag verändern würde, wäre das gut für die Beziehung? Oder würden am Ende Missstände aufgedeckt, die besser unerkannt geblieben wären?

„…oder warum will sie jetzt so plötzlich auf die Insel? Ellen? Hörst du mir überhaupt zu?"

Ellen schreckte aus ihren Gedanken: „Was? Ja klar. Wie war die Frage?"

„Ob Louise und Martin wieder Stress haben.", wiederholte sich Holger.

Ellen verteilte den Rest aus der Wasserflasche gerecht auf ihre beiden Gläser.

„Ich weiß es nicht. Ich glaube, sie will einfach mal wieder unter andere Leute."

„Hoffentlich nicht im wahrsten Sinne des Wortes!"

Ellen sah ihren Mann böse an.

„Wirklich!", sagte Holger weiter, „Manchmal habe ich Martin gegenüber immer noch ein schlechtes Gewissen, dass wir ihm Louise damals vorgestellt haben. Er hatte auch einige treue und pflegeleichtere Mädels zur Auswahl. Aber sie hat ihn sich einfach genommen. Jetzt hat er den Salat."

„Naja, da gehören ja immer zwei zu", antwortete Ellen.

„Nicht bei Louise. Die nimmt sich immer, was sie will."

„Ich glaube, bei ihm lief das auch nicht ganz selbstlos. Für ihn war die Heirat mit Lou immerhin ein riesiger Karrieresprung."

„Ich weiß nicht.", meinte Holger, „so ganz ist der Plan noch nicht aufgegangen, soweit ich weiß. Die Anwaltskanzlei von Louises Vater heißt auch nach seinem Tod noch `Hambacher und Partner´ und nicht `Kramer´, wie er und Louise. Ich glaube, er ist nach wie vor nur angestellt."

„Am Hungertuch nagen sie jedenfalls nicht. Außerdem arbeitet Louise ja auch noch erfolgreich als Galeristin. Er hat schon in eine sehr angesehene Familie geheiratet. Ein gemachtes Nest, würde ich sagen."

„Das stimmt.", sagte Holger, als ihm die Rechnung vorgelegt wurde. „Außerdem sieht sie ja auch echt immer gut aus. Und, auch wenn´s ne Stange Geld kostet, sie wirkt zehn Jahre jünger als sie ist."

Holger blätterte in seinem Portemonnaie, suchte das Geld zusammen und führte dabei fort:

„Da geht sicher auch eine Menge Zeit bei drauf. Da braucht man dann kein Hobby. Immer top gestylt, die Haare schön, die Nägel gepflegt…aber hübsch war sie ja schon immer…Da wird eben auch jetzt noch so mancher Kerl mal schwach."

Jetzt hatte er das Geld zusammen und sah zum Kellner auf.

„65 Euro, bitte. Stimmt dann so!"

„Danke!", sagte der Kellner leise und deutete mit seinen Augen auf Ellen. Darauf sah Holger in ihr fassungsloses Gesicht.

„Was ist?", fragte er.

„Soll das ein Vorwurf sein? Oder ein Geständnis?"
Der Kellner drehte schnell ab.

„Hä? Was soll ich wem denn jetzt vorwerfen? Und was gestehen?" Holger war sich keiner Schuld bewusst.

„Jetzt tu nicht so blöd. Willst du mir damit sagen, ich sollte auch mal mehr Wert auf mein Äußeres legen? Reicht dir das hier jetzt nicht mehr?

„Hä?"

„Oder soll mir das sagen, dass du bei Louise auch schwach werden könntest?"

„Jetzt wird´s aber echt albern, Ellen. Eben hast du doch selbst noch in den höchsten Tönen von ihr gesprochen."

„Das ist ja wohl was ganz Anderes!"

„Was? Ob du gut über sie redest oder ich?"

„Ja klar!"

„Du brauchst echt Urlaub! Früher warst du nicht so empfindlich. Ich muss jetzt zurück in die Praxis."
Stumm liefen die beiden nebeneinander her, bis sie Ellens Auto erreichten.

Versöhnlich zog Holger sie zu sich, gab ihr einen Kuss und sagte:

„Ich wünsche euch viel Spaß!"

„Danke!", antwortete Ellen. „Ich melde mich."
Damit stieg sie ein.

3

Es war schon fast drei Uhr. Noch duschen und Kofferpacken. Die Zeit wurde knapp.

Zuhause sprang Ellen gleich unter die Dusche.

Mit kräftig eingeschäumtem Haar wollte sie eben beginnen, sich die Beine zu rasieren, da hörte sie wieder das Telefon.

Oder? Sie schob die Duschtür ein wenig auf, um besser hören zu können….

Natürlich! Es klingelte.

Hastig warf sie den Rasierer auf die kleine Ablage. Der fiel aber gleich wieder runter. Schnell bückte sich Ellen, um ihn aus dem Wasser zu fischen, kam aber dabei mit dem Kopf unter den Wasserstrahl, der ihr den Schaum in die Augen spülte.

Das Telefon klingelte weiter.

„Aua! Scheiße!", schimpfte Ellen, tastete sich aber weiter aus der Dusche, fand irgendwie ein Handtuch, warf es sich um und lief fast blind weiter Richtung Telefon.

Pock! Da blieb sie mit dem kleinen Zeh an einer Kiste hängen.

„Autsch! Wer hat denn…"

Noch ein Klingeln. Ellen griff über die Kiste zum Telefon.

„Ellen Herbst! Wer ist denn da?", rief sie schmerzerfüllt in den Hörer.

„Ich bin´s nur, Schätzchen!"

„Louise! Ich hoffe, es ist wichtig!", antwortete Ellen leicht säuerlich.

„Ich denke doch! Pass auf! Ein Kollege von mir eröffnet genau an diesem Wochenende auf der Insel eine Galerie. Da würde ich mich gerne sehen lassen."

„Und?"

„Und … dafür musst du natürlich einen schicken Fummel einpacken!", erklärte Louise.

„Dafür rufst du jetzt an, oder was?" Ellens Zeh pochte fürchterlich und immer noch arbeitete sie daran, den letzten Seifenschaum aus den Augen zu reiben.

„Wie ich dich kenne, hättest du sonst deinen Koffer wieder nur mit deinem - ich sag mal -" Casual look" vollgepackt."

„Ach so! Ja, super. Vielen Dank! Bis gleich!", erwiderte Ellen beleidigt.

Sie hörte Louise noch: „… und denk dran … halb fünf!", in den Hörer rufen und legte auf.

Als sie endlich wieder richtig sehen konnte, schob sie die Kiste mit der Aufschrift: `Anna-Fotoalben und Bücher´ aus dem Weg und setzte sich zurück im Bad erst mal auf die Toilette, um sich den schmerzenden Zeh genauer anzusehen.

Er war leicht blau, schien zum Glück aber nicht ernsthaft verletzt zu sein. Also wieder unter die Dusche, um die Haare auszuwaschen und die Rasur zu beenden.

„`Casual look´ … was sollte das wieder heißen? Bin halt nicht so lackiert wie `Miss Perfekt´"

Louises Worte hatten sie doch schwer getroffen. Fest entschlossen auf der Galerieeröffnung auch neben Lou umwerfend auszusehen, kramte Ellen nach der Dusche im Kleiderschrank. Weit hinten, nach den Kleidern, mit denen sie noch vor einigen Jahren glanzvolle Auftritte hingelegte. Wann hatte das eigentlich aufgehört? Früher hatten Holger und sie so gut wie jede Gelegenheit genutzt, vor die Tür zu kommen. Ellen hatte immer viele Komplimente bekommen und das natürlich sehr genossen...

Irgendwann kamen so viele hübsche, junge neue Frauen nach. Auf jeder Party, auf jedem Ärztebankett, selbst im Theater oder in der Cocktailbar. Überall tauchten auf einmal jüngere Frauen auf, die ihr schonungslos klarmachten, dass Ellen so langsam in die Jahre kam. Aber diese Frauen sahen nicht nur gut aus. Sie hatten auch was zu erzählen. Sie stellten was dar, hatten meist selbst studiert… zu Ende!

Wenn Ellen damals wenigstens mit ihrer Reife und Erfahrung hätte punkten können. Aber von ihrer langjährigen Erfahrung als Hausfrau waren die wenigsten beeindruckt. Und Ellens Hauptjob, das Kinderkriegen, erledigten diese Biester einfach so nebenbei.

Gedanken an diese Zeit der grausamen Erkenntnis, vielleicht doch nicht alles richtiggemacht und so manche Chance vertan zu haben, weckten in Ellen immer noch Wut und Enttäuschung.

Da ist es ja, das rote Kleid! Ellen zog es vorsichtig aus dem Schrank. Hm, ob der Schnitt noch so aktuell war? Vielleicht doch besser das hellgrüne. Das hatte sie auch so gern getragen.

Etwas enger war es geworden, merkte Ellen beim Überziehen.

Vorsichtig sah sie in den Spiegel. Ach du Scheiße! Da war ja so einiges passiert, körpermäßig. Oder war ihr das nur früher nicht so aufgefallen? Nein! Unmöglich! So konnte man nicht rumlaufen. Was war denn nur mit dem Dekolletee los? Vielleicht mit ´nem anderen BH? Aber mal ganz ehrlich, der Bauch müsste schon die ganze Zeit eingezogen werden…

Na gut, das Ding konnte weg!

Dann war da doch noch das mit dem hübschen Muster … warum zeichneten sich denn auf einmal ihre Hüften da so ab? War das eigentlich eine Krampfader da unter der Kniekehle?

OK! Also die Marlenehose. Zeitlos und vor allem weit. Ellen zog sie über. Checked! Ihre Beinlänge hatte sich nicht verändert. Das sah immer noch … ganz gut aus. Aber welches Oberteil? Das Glitzertop?

„Boah, dieser Hüftspeck! Ist ja widerlich! Wo sind die dunklen High Heels? Die helfen immer…

Autsch! Mein Zeh!"

Mist, mit dem blauen Zeh würde sie sich sicher nicht den ganzen Abend da rein quetschen können. Verdammt!

„Ich hab nix zum Anziehen! Bin halt casual!" Entschlossen griff Ellen zu ihren geliebten Strickjäckchen. Sie warf eins in jeder Farbe in den Koffer. Dann noch Jeans, T-Shirts und die Marlenehose. Vielleicht fand sie ja auf der Insel was Passendes.

Jetzt aber schnell anziehen und noch die Haare machen. Es war schon kurz vor vier. Aber, wer kennt das nicht, wenn man schon klamottenfrustriert zum Fön greift, wird das auch mit der Frisur nix.

Da klingelte es an der Haustür. Das Taxi!

„Mist!" Ellen schnappte sich ein Haargummi und band die halbtrockenen Haare zum Zopf.

„Ich komme!", rief sie, während sie genervt ihr Schminkzeug und den Fön in den Koffer schmiss.

Sonnenbrille auf. Los geht's! Kann nur besser werden!

4

Am Hafen angekommen stellte ihr der Taxifahrer unsanft den Koffer vor die Füße und fuhr grußlos davon, obwohl Ellen ein gutes Trinkgeld gegeben hatte. Schrecklich diese genervten Leute!

Ellen sah sich um. Sie konnte Lou nirgends entdecken und nahm die Sonnenbrille ab, um besser sehen zu können. Jetzt erst fiel ihr das tolle Wetter auf und endlich stieg Vorfreude in ihr auf. Auf Sonne, auf entspannte Leute, auf die Insel. Die Sonne schien vom wolkenlosen Himmel und es wehte ein leichter Wind. Kurz schloss Ellen die Augen. Genüsslich reckte sie das Gesicht ins wärmende Licht. Der Schrei zweier Möwen klang für sie wie ein Gruß von der Heimat. Ellen atmete tief die frische Seeluft ein. Sie schmeckte so gut nach Ruhe und Freiheit.

„Ellen! ...Ellen!", hörte sie da jemanden aus dem Gemurmel der Leute in dem kleinen Hafencafé rufen. Dann entdeckte sie auch gleich ihre Freundin Louise wild winkend an einem der runden Tische.

Schon von Weitem konnte Ellen erkennen, dass Louise wieder makellos gestylt war. Ihre blonden `Marilyn-Locken` wogen sich leicht im Wind. Darunter strahlten weiße Zähne durch die kirschrot leuchtenden Lippen und in passendem Ton lackierte Nägel umschlossen einen Latte-Macchiato.

Gleich fühlte sich Ellen unscheinbar. Am liebsten wäre sie noch mal nach Hause gefahren, um wenigstens die

Haare fertig zu föhnen. Aber wie so oft, versuchte sie sich nichts anmerken zu lassen und begrüßte Louise lächelnd.

Wenig später legte die Fähre an, Louise zahlte und sie gingen an Bord.

„Kümmere du dich ums Gepäck, ich organisiere uns schon mal ein gutes Plätzchen an der Sonne!", befahl Louise unterwegs und stellte Ellen ihren großen Koffer und das Beautycase vor die Füße. Bevor Ellen Widerworte geben konnte, war Louise schon in der Menge verschwunden.

„Klar, kein Problem!", murmelte Ellen genervt. Notgedrungen versuchte sie jetzt irgendwie zwei Rollkoffer, ein Beautycase und ihre Handtasche mit aufs Schiff zu bekommen, während andere Passagiere von hinten rücksichtslos drängelten. Von der Masse mitgeschwemmt landete sie irgendwann vor den Regalen, in denen die Koffer verstaut werden sollten. Nachdem das Gepäck endlich untergebracht war, machte Ellen sich auf, Louise zu suchen. Sie fand sie oben an Deck, lächelnd, das Gesicht in die Sonne gestreckt.

„Da bist du ja endlich!", sagte Louise vorwurfsvoll. „Jetzt setz dich, der Kellner kommt sofort. Ich habe uns schon ein Sektchen bestellt." Sie rieb sich freudig die Hände.

„Ja, den kann ich jetzt auch gut gebrauchen.", seufzte Ellen.

„Einmal etwas Prickelndes für die Ladies…", säuselte der junge Kellner.

„Oha, junger Mann. Sie sind aber auch ganz prickelnd. Falls Sie mal was für Ihren Kreislauf tun wollen, dürfen sie sich gern bei mir melden.", flirtete Louise.

Ellen verdrehte die Augen und sah beschämt raus auf das Wasser.

„Wenn ich so schöne Damen bedienen darf, ist das schon anregend genug.", schleimte der Kellner zurück.

Louise kicherte entzückt. Der junge Mann verschwand.

„Hach, das tut doch immer gut, wenn man Komplimente bekommt, vor allem von so jungen Kerlen, oder?"

„Louise, das ist sein Job! Wenn er nicht scharf aufs Trinkgeld wäre, hätte er uns mit dem Hintern nicht angeguckt!"

„Also, ich kann mich da nicht beschweren. Ich höre sowas nicht nur von Kellnern. Aber wenn man so verbittert ist wie du… Wo wir gerade beim Thema sind: Wie soll das denn jetzt so weitergehen mit dir?"

„Hä, wieso? Was soll denn weitergehen?"

„Schätzelein, du kannst dich doch nicht weiter so gehen lassen. Wir kratzen an die Fünfzig. Wenn du jetzt nicht den Hebel umlegst, kannst du gleich aufgeben."

Ellen starrte Louise an.

„Was soll ich aufgeben?"

Louise lächelte mitleidig.

„Na, du sollst eben nicht aufgeben. Manchmal denke ich, das Eheleben mit deinem fleißigen Langweiler tut dir alles andere als gut. Ich sehe doch, dass du denkst, aus dir sei nichts mehr rauszuholen. Aber ein neuer Haarschnitt, etwas Training und gutes Make-up können da richtig was machen."

Ellen schnappte nach Luft.

„Mal ehrlich, Ellen." Louise gab nicht auf. „Was meinst du denn, wie das in zehn Jahren aussieht?"

„Bis jetzt komm ich noch gut klar!", sagte Ellen beleidigt.

„Und dann kommt Holger plötzlich mit ´ner neuen um die Ecke. Dann guckste aber."

„Holger wird auch älter."

„Ja, aber er ist auch Arzt. Das macht sexy. Hat der nicht jetzt so ein junges Ding als Arzthelferin?"

„Ach, die Helene. Das könnte seine Tochter sein!" Louise zuckte mit den Schultern.

„Nicht, dass es nachher heißt, ich hätte dich nicht gewarnt."

Sie kippte den letzten Schluck Sekt herunter und winkte zwinkernd nach dem jungen Kellner, während Ellen wieder übers Wasser starrte.

Der neue Sekt wurde gebracht.

„Prost!", rief Louise versöhnlich.

Ellen stieß mit ihr an.

„Willst du auch deine Mutter besuchen?", fragte sie ablenkend. „Ich habe sie lange nicht gesehen. Würde mich freuen, wenn ich mitkommen kann."

„Äh, nein. Meine Mutter ist gar nicht auf der Insel im Moment. Sie ist … im Urlaub."

„Ach so. Schade! Und warum musstest du sofort weg von zuhause? Was war denn jetzt los? Warum konntest du es diesmal nicht mehr aushalten?"

„Ach Gott!" Louise winkte ab. „Der Alte nervt mal wieder total. Ich glaube, ich brauche auch was Frisches, verstehst du?"

„Nicht wirklich!"

„Alles ist so eingefahren. Dafür bin ich zu jung und zu gut. Das kann es nicht gewesen sein!"

„Aber ihr habt doch beide gute Jobs, die euch ausfüllen, seid immer mit interessanten Leuten zusammen. Alles, was du immer wolltest."

„Das ist schon wahr. Aber wenn man am Ziel ist, dann ist ja nun mal die Geschichte auch auserzählt. Dann kommt nicht mehr viel. Ich will Spaß und Lust und … dass da noch mehr kommt."

„Aha! Und Martin?"

„Ach Martin, der merkt gar nichts. Er ist natürlich total happy mit unserem Leben. Zu Recht, das weiß ich. Und klar, er ist auch ein toller Mann, den sicher nicht jede bekommen hätte. Er ist gutaussehend, zuvorkommend und er liest mir immer noch jeden Wunsch von den Augen ab."

„Ich versteh nicht, was du willst!"

„Es ist langweilig, Ellen!", sie zog eine Augenbraue hoch und sagte bestimmt: „Wenn man eine Frau wie mich halten will, dann muss da schon etwas mehr kommen."

„Mehr!?"

„Ja natürlich! Es ist ja nicht so, dass Martin für meinen angenehmen Lebenstandard verantwortlich ist. Ohne ihn würde sich für mich nicht viel ändern… Außer zum Positiven vielleicht."

„Also, das finde ich jetzt echt heftig Louise! Das muss eine Midlife-crisis sein."

„Ich bitte dich! Von sowas bin ich weit entfernt."

Beide nippten am Sekt. Ellen betrachtete ihre Freundin vorsichtig aus den Augenwinkeln. Irgendwie konnte sie keine Verbindung mehr fühlen. Was war passiert? Und wann? Welche von ihnen hatte sich so verändert?

Hatte Louise Recht, wenn sie behauptete, Ellen ließe sich gehen? Lebte sie tatsächlich nicht mehr? Nein! Louise übertrieb maßlos. Wie konnte man nur so egoistisch und selbstverliebt sein.

Vergeblich suchte Ellen nach freundschaftlichen Gefühlen für Louise. Eigentlich fand sie ihr Verhalten sogar unmöglich. Oh Mann, das konnte ja ein lustiger Ausflug werden…

Wahrscheinlich wäre es besser, das Ehe-Thema möglichst nicht mehr anzuschneiden.

„Wie geht´s denn eigentlich Christina?", fragte Ellen daher nach einer Weile.

Louise lachte kurz auf.

„Die macht das richtig! Meine Tochter lebt in Saus und Braus und genießt das Leben, während ich mich langweilen muss!"

„Ist sie mit dem Studium bald durch?"

„Allerdings! Sie hat auch schon einige Jobangebote. Aber, ich glaube, im Moment dreht sich bei ihr alles um die Männer. Sie hat sich immer noch nicht festlegen können auf einen. So einem Schmuckstück liegen die Kerle wahrscheinlich auch zu Füssen. Wenn sie nur etwas nach mir kommt, prüft sie ordentlich, bevor sie sich ewig bindet." Louise zwinkerte belustigt.

„Aha!", meinte Ellen nur und nahm noch einen Schluck Sekt.

Wieder entstand eine leicht unangenehme Gesprächspause. Aber Ellen hatte keine Lust mehr, weiter nachzufragen, um noch mehr Prahlerei anzuhören. Natürlich war auch nicht zu erwarten, dass Louise sich nach Ellen und ihrer Familie erkundigte. Das wäre ihr viel zu langweilig. Sie hatte schon immer am liebsten über sich selbst geredet.

„Bestell doch noch einen Sekt, ich gehe mal für kleine Mädchen.", sagte Louise dann und lief leicht wankend Richtung Treppe. Sekt und Seegang waren keine gute Kombination.

Ellen blickte wieder über das Meer. Dann spürte sie plötzlich ein leichtes Vibrieren in ihrer Hosentasche. Sie zog ihr Handy heraus. Anna hatte eine „Danke-schön-mail" mit Foto von der neuen Kommode geschickt.

Während Ellen sich die Nachricht ansah, nahm sie schemenhaft ihr Spiegelbild auf dem Display wahr, das ihr verriet, dass ihre nicht geföhnten, windtrockenen Haare nicht mehr so zusammenhielten, wie sie es vorgesehen hatte. Sie schaltete die Kamera ein, Selfiemodus, um sich die Sache mal genauer anzusehen. Gnadenloser als jeder Spiegel, zeigte das Display ihr Gesicht, leicht verzerrt, mit völlig zerzaustem Haar. Dazu dieser blasse Teint und die ungeschminkten Augenlider hatten auch schon bessere Zeiten gesehen. Hat eigentlich jede mit Ende vierzig so viele Falten? Meine Güte, ist es heute Nacht noch schlimmer geworden?

Angewidert machte Ellen sich selbst Fratzen.

Leider bemerkte sie erst, als sie sich die Zunge weit entgegenstreckte, dass der junge Mann schräg gegenüber ihr amüsiert zusah.

Schnell ließ sie das Handy wieder in der Hosentasche verschwinden und blickte beschämt raus aufs Wasser, als sei nichts gewesen.

Nach einer kurzen Weile wagte sie einen verstohlenen Blick. Der Typ starrte immer noch grinsend herüber.

Was glotzt der denn so?

Dann traten zwei weitere Männer mit frisch gezapftem Bier an seinen Tisch. Die drei stießen an und verfielen gleich in ein angeregtes Gespräch. Vielleicht kannte sie den Kerl von früher? Konnte ja nicht sein! Er musste ein Kleinkind gewesen sein, als sie die Insel verlassen hatte. Oder war es eventuell ein Bekannter von Anna? Nein, dafür schätze sie ihn ein paar Jahre zu alt.

Plötzlich drehten sich die beiden anderen zu ihr um. Alle drei sahen sie kurz an, steckten dann die Köpfe wieder zusammen und lachten.

Ach so! Er hatte sie nicht angesehen, weil er meinte, sie zu kennen. Die Männer machten sich einfach nur lustig über sie.

Na toll! Ellen war scheinbar von einer durchaus interessanten Frau zu einer schäbigen Witzfigur geworden! Wie konnte das passieren? Lou hatte Recht gehabt. Ellen hatte nicht aufgepasst. Jetzt war es zu spät! Wo bleibt Louise überhaupt? Ach, Mist! Sie sollte doch noch Sekt bestellen.

Schon kam Louise beschwingt um die Ecke, hinter ihr der Kellner. Als Lou Platz genommen hatte, stellte er zwei neue Gläser Sekt ab und sagte:

„Von den jungen Herren gegenüber!"

Louise klatschte aufgeregt in die Hände und winkte strahlend zu ihnen hinüber.

„Na, da sind wir aber wohl mal wieder positiv aufgefallen, was?"

„Ich weiß nicht.", antwortete Ellen. „Ich glaube eher, die verarschen uns!"

Louise starrte Ellen an, verdrehte dann betont die Augen und prostete den Herren zu.

Die drei erhoben ebenfalls ihr Glas und auch Ellen lächelte leicht verkrampft in die Runde.

Wenige Minuten später kündigte der Kapitän endlich die Ankunft im Inselhafen an und erlöste damit Ellen aus dieser unangenehmen Szenerie.

5

Ein leichter, warmer Wind empfing die neuen Gäste auf der Insel. Er wog die schlanken Dünengräser sanft hin und her und trug einige neugierige Möwen über den wuseligen Schauplatz.

Ellen sog tief die salzige Luft ein. Die Sonne streichelte liebevoll ihr Gesicht, so wie es Verwandte bei Kindern tun, die sie nach langer Zeit wiedersehen.

Sie fühlte sich herzlich willkommen, als sei die Insel ein alter Freund.

Lou hatte längst ein Taxi rangepfiffen. Es fuhr die beiden zum „Gran maritim Spa".

Das Hotel sah super aus. Alles war niegelnagelneu und in edlem Weiß gehalten. Die geradlinige Einrichtung wirkte sehr elegant und cool zugleich.

Die hübsche Dame hinter der großen, weit geschwungenen Rezeption lächelte die Neuankömmlinge freundlich an. Ellen lächelte zurück. Louise hob eine Augenbraue und sagte: „Kramer! Ich habe reserviert!"

„Schönen guten Tag! Ich hoffe, sie hatten eine angenehme Reise ... dann sehe ich gleich mal nach."

„Auf jeden Fall Meerblick!", schob Louise nach.

„Jawohl. Da haben wir´s. Zwei Einzelzimmer ´kingsize´ mit Meerblick. Richtig?"

„Jeder eins?", wunderte sich Ellen.

„Schätzelein! Man weiß doch nie, was sich so ergibt…", stellte Louise klar, ohne sie anzusehen.

„Aha…" Ellen sah sich um. Louise würde schon alles regeln. Zu ihrer Zufriedenheit!

„…und hier sind die Schlüssel. Der Aufzug hier gleich um die Ecke bringt sie in die zweite Etage. Dann halten sie sich bitte rechts. Die Zimmer liegen direkt nebeneinander." Die nette Dame lächelte immer noch.

„Ich gehe davon aus, dass Sie das mit den Koffern regeln!" Damit wandte sich Louise ab, Richtung Fahrstuhl.

„Vielen, vielen Dank!", sagte Ellen und lächelte entschuldigend. „Wir können die Koffer aber auch selbst…"

„Ist schon ok!", flüsterte die nette Dame und deutete Ellen, besser schnell ihrer Freundin zu folgen.

Wie zu erwarten, waren auch die Zimmer traumhaft schön. Klare Farben und Formen sorgten gleich beim Anblick für Erholung.

Ellen warf sich aufs Bett. Tatsächlich konnte sie von hier aus aufs Meer sehen. Es glitzerte sie freundlich an. Immer noch! Unverändert. Genau wie früher. Kein Stück gealtert. Und es ließ es sich auch nicht anmerken, wenn es bemerken musste, dass Ellen wieder älter geworden war.

„Sehr freundlich von dir!", dachte Ellen. „Vielleicht habe ich dich deshalb so lieb. Wegen deiner Beständigkeit."
Und dann fiel ihr Blick auf die Uhr am Fernseher.

„Oh je! Jetzt aber mal los. Wir haben noch viel zu tun!", feuerte sie sich selbst an.
In einer halben Stunde war sie mit Louise unten in der Lobby verabredet um essen zu gehen und sich ins

Nachtleben zu stürzen. Wenn sie auch nur ansatzweise aus Louises Schatten treten wollte, müsste stylingtechnisch noch einiges passieren.

Sie sprang auf, wühlte im Koffer nach ihrer Kulturtasche und lief voller Tatendrang ins Bad.

Oh Mann! Das Licht war aber … ehrlich! Unbarmherzig zeigte es deutlich jede noch so kleine Rille im Gesicht, jede pigmentelle Unebenheit.

„Ach du Scheiße! Ich bin ein einziges Katastrophengebiet!"

Sie öffnete den zusseligen Zopf.

„Erst mal Musik!"

Zum Glück läuft bei den vielen hundert TV-Sendern immer irgendwo eine Musiksendung. Ellen fand etwas Rockiges aus den 80igern, drehte die Lautstärke auf und pinselte, wischte, malte und kaschierte was das Zeug hielt. Als sie das Gesicht für tageslichttauglich hielt, versuchte sie möglichst viel Volumen in die leider echt konturlose Frisur zu föhnen. Wohlweislich natürlich, dass die Haare gleich nach 20 Minuten ziemlich sicher wieder in sich zusammenfallen würden. Aber bis man das nächste Mal irgendwo in einen Spiegel sah, hatte man dann wenigstens das Gefühl, gut frisiert zu sein und das könnte einen heute Abend immerhin schon ein paar Stunden gut gelaunt weiterbringen.

Dann war da aber ja auch noch das Klamottenproblem. Sie schmiss den Koffer aufs Bett und riss den Reißverschluss auf.

Ach ja, Mist! Sie hatte zwar viel anprobiert, aber dann doch frustriert nur die üblichen Jeanshosen und

Strickjäckchen eingepackt. Und für die Marlenehose kein Oberteil. Jetzt hätte sie doch Lust auf was Auffälligeres. Warum packte man eigentlich immer die falschen Sachen ein? Wie alt musste man werden, um den Koffer nicht emotional, sondern erfahrungsgemäß zu packen?

Lieblos zog sie sich irgendetwas über. Dann wühlte sie in ihrer Handtasche nach Geld und Handy. Kein Anruf in Abwesenheit. Es schien sie niemand zu vermissen. Das war auch mal anders. Als die Kinder noch klein waren, war sie so gut wie unersetzlich. Keinen Schritt konnte sie tun, ohne vorher gründlich organisiert zu haben und telefonisch erreichbar zu sein. Genau das nervte damals tierisch, aber jetzt fehlte es komischerweise. Ellen wählte Holgers Nummer, rechnete aber nicht wirklich damit, ihn erreichen zu können. Es war Donnerstagabend. Die Praxis war heute lange geöffnet.

„Hi! Ich bin´s!", hinterließ sie auf der Mailbox, „Wir sind gut angekommen und gehen jetzt was essen. Melde mich! ...ich hab dich lieb!"

Sie warf einen letzten Blick in den Spiegel und ging.

6

In der Lobby lief fröhliche Klaviermusik. Sie unterstrich Ellens aufkeimende Unternehmungslust. Fest entschlossen, sich die gute Laune nicht verderben zulassen, auch, wenn sie mit großer Wahrscheinlichkeit wieder ewig auf Lou würde warten müssen, bestellte sich Ellen an der Hotelbar einen Sekt, setzte sich auf einen der Lederhocker am Fenster und beobachtete die flanierenden Urlauber.

Trotz großer Besuchermassen, herrschte die vertraute, gelassene Atmosphäre in der kleinen Stadt. Die Leute sahen glücklich aus. Niemand hatte es eilig.

Diese Stimmung hatte ihre ganze Jugend begleitet und es tat so gut, hier wieder einzutauchen.

Ellen hatte soeben den letzten Schluck aus dem Glas genommen, da öffnete sich die Fahrstuhltür.

Louise zögerte einen Augenblick bevor sie heraustrat, so wie es die Künstler tun, wenn sich der Vorhang öffnet, um den Weg auf die Bühne freizugeben. Dann lief sie stolzen Schrittes in die Mitte der Lobby und sah sich um, als erwartete sie tosenden Applaus.

„Hier bin ich!", rief Ellen als sie vom Hocker hüpfte und ihr entgegenlief.

Lou zog ihre Sonnenbrille auf die Nasenspitze und musterte Ellen darüber hinweg wortlos.

„Na dann mal los!", sagte sie und war auch schon Richtung Ausgang verschwunden. Ellen stolperte in Louises Duftwolke hinterher.

Die Luft draußen war herrlich. Es wehte eine laue Brise. Das sanfte Abendlicht färbte alles golden.

Die beiden schlossen sich der flanierenden Menge an, begutachteten alte und neue Geschäfte und warfen hier und da einen längeren Blick ins Schaufenster. Manchmal grüßten sie flüchtige Bekannte, die sie auch nach all der Zeit noch wiedererkannten.

„Ellen! Louise!", hörten sie dann jemanden rufen. Sie entdeckten wild winkend ihre alte Freundin Susanne auf der anderen Straßenseite.

„Susi! Hey, wie geht´s", rief Ellen und lief herüber. Louise verdrehte kurz die Augen und folgte ihr.

„Das ist ja eine tolle Überraschung! Seit wann seid ihr da?"

Susanne drückte Ellen herzlich, wandte sich dann flüchtig zu Louise.

„Hallo Louise!"

„Ja, hallo!", antwortete diese.

„Wir sind eben erst angekommen.", erzählte Ellen.

„Das ist ja super!", meinte Susanne. „Dann sehen wir uns ja sicher noch. Ich mache gerade Feierabend. Muss noch schnell hier den Laden abschließen und dann ab unter die Dusche. Heute Abend ist wieder 80er-Party bei Juppi. Kommt doch auch dahin." Sie deutete auf ein Plakat neben der Ladentür.

„Ja, das war sowieso unser Plan … mein Gott, aber da sind ja Kinder auf dem Plakat!", murmelte Ellen, die die Werbung mit den tanzenden, leicht bekleideten Schönheiten, gesegnet mit vollem Haar, atemberaubender

36

Figur, makelloser Haut und blendend weißen Zähnen angewidert musterte.

„Was meinst du?", fragte Susi.

„Na guck dir doch mal die jungen Dinger da an. Ob wir da richtig sind?"

„Quatsch! Natürlich! Die Party steigt alle paar Wochen und das Publikum hat immer unser Alter."

„Warum sind dann nicht Leute in unserem Alter auf dem Plakat?"

„Weil nie Leute in unserem Alter auf Plakaten sind! Das ist leider nicht werbewirksam.", warf Louise ein.

„Doch! Früher schon! Da hat man nicht so Kinder auf die Partywerbung gesetzt."

„Das Alter der Models hat sich nicht verändert. Dein Alter hat sich verändert.", genervt wandte sich Louise an Susi. „Madame ist da gerade etwas empfindlich."

Susanne lachte. „Ärgere dich nicht Ellen! Du wirst doch nicht alleine älter."

„Irgendwie fällt es mir aber halt gerade so auf…", sagte Ellen betrübt.

„Ach was! Du bist ja auch nicht über Nacht gealtert. Das kommt davon, dass du's einfach die ganze Zeit ignoriert hast. Wie du siehst, war es höchste Zeit, dich auf die Missstände hinzuweisen. Jetzt geht dir ein Licht auf. Endlich! Hoffen wir, dass wir die Kurve noch kriegen. Aber zum Glück bist du ja bei mir in guten Händen."

Damit schob Louise Ellen weiter.

Verdattert blieb Susanne zurück und rief noch schnell hinterher: „Äh, also bis später dann … vielleicht."

Wortlos liefen die beiden Frauen weiter. Ellen war verwirrt. Sie hatte das Gefühl, als kenne sie sich selbst nicht mehr, als würde ihr plötzlich bewusst, dass sie nicht mehr die war, die sie dachte zu sein. Oder so. War sie denn jetzt alt? Na klar! Fast fünfzig! Dann kommt sechzig! Hallo? Jung ist anders! Aber wann zum Geier war das denn passiert? Vor Kurzem noch, da war sie jung. Dann hatte sie geheiratet. Da war sie auch jung. Dann hatte sie Kinder bekommen. Da war sie eine junge Mutter. Ganz sicher! Das hatten alle immer zu ihr gesagt. Und dann? Dann hat sie eine Zeit lang gekocht, geputzt und gewaschen und als sie dann mal wieder hochgeguckt hatte, war sie alt, oder was?

„Ich dachte immer, da wäre noch was dazwischen…", brach Ellen das Schweigen.

„Wo zwischen?", fragte Lou.

„Zwischen Jung und Alt!"

„Was soll denn dazwischen sein?"

„Keine Ahnung! `Reif` vielleicht oder sowas!"

„Du bist doch kein Käse!"

„Nein, im Ernst! Wann ist man denn eigentlich reif? Also fertig, meine ich. Wie ein Hund zum Beispiel. Der ist klein und süß, ein paar Monate und dann ist er ausgewachsen. Dann sieht ein Pudel aus, wie ein Pudel eben aussieht und ein Dackel wie ein Dackel auszusehen hat. Und so bleiben die dann. Jahre lang. Vielleicht wird einer mal etwas grau. Aber dann ist er auch schon sehr alt. Wir verändern uns immer. Ich sehe doch heute total anders aus als vor vier Jahren."

„Na ja!"

„Ja gut…im Gesicht, meine ich. Ich finde, man sieht jedes Jahr."

„Was willst du mir überhaupt sagen?"

„Pffft … weiß ich auch nicht…".

7

Das alte, gutbürgerliche Restaurant „zum Anker" war mal wieder prall gefüllt. Auch die Terrasse war voll bis auf den letzten Platz.

„Gut, dass wir reserviert haben", meinte Ellen.

Gleich kam auch schon eine freundliche Bedienung, um die Damen in Empfang zu nehmen und ihnen einen Platz zuzuweisen.

Unter den weiteren Gästen waren nur wenig bekannte Gesichter. Der ein oder andere kam Ellen oder Louise bekannt vor, aber wahrscheinlich wurde der „Anker" inzwischen auch hauptsächlich von Urlaubern besucht und die beiden Freundinnen waren wohl schon so weit weg davon, sich auf der Insel „heimisch" nennen zu können, dass sie gar nicht wussten, wo der „Hotspot" der Einheimischen heute war.

Dennoch schwelgten sie in Erinnerungen und redeten über alte Bekannte, erzählten sich, was sie über diesen und jenen gehört hatten.

Nach dem Essen bestellten sie noch ein weiteres Glas Wein.

Sie lästerten und lachten und endlich konnte Ellen wieder etwas von dem spüren, was die Freundschaft zu Louise immer für sie ausgemacht hatte. Sie fühlte sich ihr wieder nah. Das hatte ihr lange gefehlt und tat unglaublich gut. Auf einmal konnte sie entspannen. Der Kopf war frei. Die Gedanken drehten sich nicht mehr. Es war egal, ob sie alt, jung oder reif war, over- oder underdressed. Alles war gut, wie es war. So sollte es bleiben. Wenigstens für diesen Abend, das schwor sie sich.

So beschwingt steuerten Ellen und Louise kurze Zeit später „Juppi´s" Kneipe an.

Der Laden war rappelvoll. Eine dicke, rauchige Wolke quoll ihnen entgegen, als Louise die Tür öffnete. Scheinbar war sogar die Kneipenluft dem 80er-Jahre-Motto entsprechend.

Ellen sog die Melange aus Zigarettenqualm, Bier- und Schweißgeruch genussvoll tief ein.

„Riecht wie früher!", freute sie sich.

„War eben doch nicht alles gut in der alten Zeit!", rief Louise durch durchdringende Bassklänge zurück und rümpfte die Nase.

Die beiden wühlten sich durch die Menge bis an die Theke. Hier drängelten sie sich eine Ecke frei und bestellten zwei ihrer Lieblingslongdrinks aus der „aktiven Partyzeit".

Ellen wählte einen „Southern Comfort-Ginger" und Louise einen „Safari-O". Wie Teenager freuten sie sich über diese „Geschmackserinnerung".

Hier traf sich nun alles, was früher und heute auf der Insel wohnte. Viele Bekannte und alte Freunde tauchten in dem Gewusel auf. Man quatschte und tanzte. Nach Depeche Mode und Camouflage oder „Tarzan Boy" und Rick Astley. Die Stimmung war riesig. Ellen hatte sich schon lange nicht mehr so gut, so frei und sogar so jung gefühlt. Sie tanzte mit geschlossenen Augen nach „Purple rain".

Der letzte Tequila trug allerdings dazu bei, dass sie so ins Schwanken kam, dass sie den „Nachbartänzer" anrempelte. Dieser schaute genervt, als sie sich entschuldigte, bis er sie erkannte.

„Ellen?"

„Christoph? Das glaub ich ja nicht!", quietschte Ellen.

„Mensch, was machst du denn hier?", freute der sich.

„Bin auf Urlaub! Und du?"

„Ich… auch quasi"

„Ist ja witzig!"

Schüchtern lächelten sie sich an. Christoph sah anders aus als damals, als Ellen mit ihm zusammen war. Er war grau geworden. Stand ihm gut. Er trug nicht mehr diese Surferklamotten, war aber auch jetzt lässig gekleidet. Ellen hatte ihn größer in Erinnerung. Sein Blick war aber unverkennbar. Wenn er jetzt so lachte, fiel ihr wieder ein, wie sehr sie in diese frechen Augen verliebt war.

„Sollen wir was trinken?", fragte er.

„Klar! Gerne!". Ellen steuerte wieder auf die Theke zu, die inzwischen nicht mehr ganz so belagert war. Sie fanden eine Ecke mit freien Barhockern, setzten sich und bestellten Drinks.

Christoph lächelte sie freundlich an.

„Wie geht´s dir? Erzähl!"

„Gut! Echt gut! Und selber?"

„Ja, auch!"

Nach einer etwas unangenehmen Pause meinte Ellen: „Ich weiß gar nicht, wie lange das her ist. Ich glaube, wir haben uns nicht mehr gesehen, seit du damals aufs

Festland gezogen bist. Ich habe mal gehört, ihr hättet Kinder bekommen"

„Einen Sohn. Aber du hast zwei, oder?"

„Richtig! Eine Tochter und einen Sohn. Aber die sind schon groß."

Beide sogen an ihren Strohhalmen und drehten sich zur Tanzfläche.

„Louise und du, ihr seid immer noch unzertrennlich?"

„Naja, jeder hat so sein Ding. Aber wir sehen uns oft. Triffst du noch manchmal alte Bekannte?"

So redeten sie eine Weile. Irgendwann spielte der DJ einen alten Hit, der Ellen vom Hocker hüpfen ließ.

„Geh ruhig tanzen.", sagte Christoph. „Ich muss jetzt ins Bett. Bis bald vielleicht!"

„Ok! Bis bald!", rief Ellen und war in der Menge verschwunden.

Those were the days my friend,

we thought they´d never end…

dröhnte es aus den Boxen, als wäre es der Untertitel zu den alten Bildern, die Ellen nach der Begegnung mit Christoph durch den Kopf gingen.

Sie sah sich wieder mit ihm in den Dünen liegen, lachen, trinken. Ihr Herz klopfte auf einmal wieder schneller. Ob die Herzen junger Leute grundsätzlich schneller schlugen als alte Herzen?

Ganz bestimmt! Sie war sicher, dass sie ihn damals immer spüren konnte, ihren aufgeregten Herzschlag. Früher konnte sie das Leben im ganzen Körper fühlen. Jetzt war da nichts mehr. Ganz deutlich spürte sie plötzlich den Unterschied. Wo damals das Leben pulsierte, hatte sich jetzt die stumpfe Existenz breitgemacht.

War das der Lauf der Dinge? Alles zu seiner Zeit? Herrje, das wäre schon irgendwie traurig. Oder gab es vielleicht Leute, die dieses Lebensgefühl erhalten konnten?

Egal, Ellen hatte es jedenfalls wohl nicht geschafft!

„Ich will das auch wieder!", dachte sie und unterdrückte eine Träne. „Ich will wieder leben, mehr lachen, mehr tanzen…ich will…ich will…ob`s Holger auch so geht?" Ihre Kehle schnürte sich zu. Was, wenn er sich auch langweilte? Vielleicht war ihm schon viel länger bewusst, dass sich was ändern musste. Oh mein Gott, was, wenn er tatsächlich längst Interesse an anderen Frauen hatte? Warum hatte Lou diese Bemerkungen gemacht? Wusste sie etwa mehr? Sicher wollte sie es Ellen schonend beibringen.

Wo war Louise überhaupt?

Sie hatte doch stundenlang mit diesem Schnösel da hinten am Tisch rumgealbert.

Ellen suchte sie überall. Sie fand eine alte Schulfreundin auf dem Damenklo und eine am Zigarettenautomaten, die jeweils mit Männern schwer beschäftigt waren, die nicht ihre waren. Aber keine Louise.

An der Tür traf sie auf Susanne.

„Louise? Die hat sich nicht geändert!", sagte diese. „Ist eben mit dem Ex meiner Nachbarin hier rausspaziert. Geh mal nicht davon aus, dass die in euerm Hotel auftaucht!" Das durfte doch wohl nicht wahr sein!

„Drehen die jetzt alle durch? Alle in der Midlife-Crisis, oder was? Hab ich vielleicht irgendwas nicht

44

mitbekommen? Ist das so nach der Halbzeit? Jetzt darf jeder noch mal nehmen, was er kriegen kann? Ich hoffe, man muss da nicht mitmachen! Ist ja widerlich!"

Im Stechschritt, allerdings mit Schlangenlinien, lief Ellen zum Hotel zurück.

Sie hatte so viel nachzudenken, aber die Müdigkeit ließ sie nicht einmal mehr die Kleider ausziehen. Sie fiel ins Bett und direkt in den Schlaf.

8

Dröhnende Kopfschmerzen weckten Ellen lange bevor sie genug geschlafen hatte. Die Gedanken flogen in Fetzen in ihrem hämmernden Kopf herum und ließen sie nicht wieder zur Ruhe kommen. Ihr verschwommener Blick fiel auf den Wecker - sieben Uhr - und gleich darauf durchs Fenster. Das Meer lag ganz ruhig und die Sonne berührte noch leicht die Wasseroberfläche.

„Da gibt´s nur eins, das jetzt hilft!", stöhnte sie, sprang auf, leicht schwankend, schlüpfte in Bikini und Bademantel und lief zum Hotel hinaus ans Meer.

Hier warf sie den Bademantel in den Sand. Der Strand war menschenleer. Nur ein paar nimmersatte Möwen durchstreiften die Dünen auf der Suche nach essbaren Hinterlassenschaften der gestrigen Touristenflut. Die Sonne stand nun schon ziemlich hoch. Ihr helles Licht blendete Ellens müde Augen, wärmte aber noch nicht. Ein weicher, frischer Wind streifte ihren Körper. Sie trotzte ihrer Gänsehaut und den klappernden Zähnen und rannte kreischend ins kalte Wasser.

Immer wieder tauchte sie das Gesicht in die seichten Wellen.

In ihrem Kopf wurde es ruhiger.

Schön war es, Christoph wieder gesehen zu haben. Oder? Nicht einmal das konnte sie sich beantworten. Als hätten sich ihre Gefühle irgendwo verkrochen, möglichst still, um bloß nichts falsch zu machen.

Sie musste ihn damals unglaublich enttäuscht haben. Ellen erinnerte sich, wie glücklich sie gewesen waren. Viele

Jahre lang. Natürlich waren sie sehr jung. Beide gingen zur Schule und platzten förmlich vor Liebe und Leidenschaft. Sie hatten diesen großen Traum vom einfachen Leben am Strand. Christoph wollte mit ihr eine Surfschule aufmachen. Auf keinen Fall sollte `der schnöde Mammon´ sie beherrschen.

Sie wollten frei sein. Ihre Kinder sollten vom puren Leben geprägt und erzogen werden. Glück und Abenteuer sollten ihre Tage füllen bis ins hohe Alter.

Das letzte Schuljahr würde sie, nachdem ihre Eltern ja mit ihr nach Hamburg gezogen waren, dort noch zu Ende bringen müssen, dann wollte sie wieder ganz zu ihm zurück auf die Insel kommen. Sie verbrachte sowieso jeden schulfreien Tag auf Wesum bei Christophs Familie. Bald wollten sie hier eine eigene gründen.

Als sie nach dem Abitur dann doch studieren wollte, hatte es diesen fürchterlichen Streit gegeben.

„Scheiß Verräterin!", hatte er sie angebrüllt, als er von Louise erfahren hatte, dass Ellen einen Studienplatz in Hamburg hatte, von dem er nicht mal wusste, dass sie sich darauf beworben hatte.

Es musste ihm das Herz gebrochen haben.

Er spuckte ihr vor die Füße, drehte sich um und verschwand. Auf Nimmerwiedersehen.

Ellen verließ die Insel nicht. Sie kam an diesem Wochenende bei Louise unter, von wo sie tagelang versuchte, ihn anzurufen. Aber er ging nicht ans Telefon oder ließ sich von seiner Mutter entschuldigen. Dann hatte sie ihm einen Brief geschrieben und bei seiner Mutter abgegeben, damit er ihn auch sicher erreichte. Sie schrieb, dass sie ihn noch immer liebte und mit ihm leben wollte. Dass sie nur halt auch gern studieren würde, das eine das andere aber doch nicht ausschließe. Dass sie aber bereit wäre, ihre Pläne zu ändern, wenn er doch nur mit ihr darüber reden würde. Aber er antwortete nicht.

„Der knutscht längst ne andere.", meinte Louise dann einmal, fast beiläufig, „Habe ich selbst gesehen. Unten am Strand. Sehr hübsch war die."

Ellen war am Boden zerstört. Einfach so, hatte er sie gegen eine andere ausgetauscht.

Einen Tag früher als geplant fuhr sie daraufhin zurück nach Hamburg. Sie erinnerte sich genau. Es war der Tag des jährlichen Ortsfestes, auf das sie sich immer wahnsinnig freute und auf das sie, wie so viele Jahre zuvor, so gern mit Christoph gegangen wäre. Nun wollte sie niemanden mehr sehen. Sobald sie konnte, hatte sie die Insel verlassen und sollte Christoph die nächsten fünfundzwanzig Jahre nicht wiedersehen.

Jetzt schwamm sie hier durchs Wasser. Auf ihrer Insel, an ihrem Strand und hatte ihn tatsächlich wiedergetroffen. Ob sie wirklich glücklich geworden wären, wenn sie ihre Träume gemeinsam umgesetzt hätten?

Vielleicht wäre ihre Beziehung immer aufregend und leidenschaftlich geblieben?

Womöglich gab es doch nur einen, für den man bestimmt war, mit dem man so richtig glücklich wurde.

„Quatsch!", fuhr sie sich selbst durch die Gedanken, „Auch mit Christoph wäre ich älter geworden. Ich hätte wahrscheinlich auch Kinder bekommen, Windeln gewechselt, gekocht und geputzt. Und meine Haut wäre auch so schlabberig geworden."

Neugierde und Abenteuerlust wären Erfahrung und Ernüchterung gewichen, genauso, wie es in ihrem tatsächlichen Leben als Holgers Frau gekommen war und genauso, wie es wohl so ziemlich allen Frauen ergeht.

Wahrscheinlich sollte es sogar so kommen. Wenn sie ehrlich war, war Ellen schon immer etwas spießig gewesen. Sie brauchte das Gefühl von Sicherheit und Ordnung. Ein Leben voller Ungewissheit und Abenteuer, wie es Christoph wollte, wäre wohl für sie keine Basis gewesen, Kinder großzuziehen…

Was dachte sie denn da überhaupt? Das alles stand doch gar nicht zur Debatte.

Was Christoph wohl darüber dachte? Er war sicher erschrocken, wie alt sie geworden war. Bestimmt war er froh, den Absprung geschafft zu haben, nachdem er sie wiedergesehen hatte. Vielleicht war seine Frau viel jünger, oder zumindest schöner, als Ellen. Wie peinlich!

Selber Schuld-würde Louise jetzt sicher sagen- mach halt was aus dir!

„Naja, jetzt erstmal ein gutes Frühstück!", sagte sie zu sich selbst, stieg aus dem Wasser, hüllte sich in den Bademantel und lief zum Hotel zurück.

9

Frisch geduscht und wesentlich klarer im Kopf stand Ellen wenige Minuten später am Frühstücksbuffet, als auch Louise den Raum betrat. Frisch aufgebrezelt.

„Wie siehst du denn aus, meine Gute? War wohl spät gestern, was?"

„Ich denke, bei dir war's später, Louise! Warst du überhaupt hier heute Nacht?"

„Also hör mal Schätzchen! Was redest du da? Ich bin eine verheiratete Frau.", trällerte sie so laut, dass die Leute sich umdrehten und zwinkerte Ellen dabei übertrieben zu. Die antwortete flüsternd: „Ach, weißt du was? Das ist mir ehrlich gesagt auch scheißegal! Macht doch alle, was ihr wollt!"

Sie setzte sich an einen freien Tisch am Fenster und rührte wild in ihrem Kaffee.

Louise zapfte sich auch einen Kaffee aus dem Automaten und setzte sich zu ihr.

„Was bist du denn so brummelig? Hattest du nicht auch einen netten Flirt gestern Abend? Ich habe dich doch lange mit 'nem Kerl an der Theke sitzen sehen."

„Das war Christoph!"

„Welcher Christoph?"

Ellen verdrehte nur die Augen und biss ins Brötchen.

„Ach du Scheiße! DER Christoph?"

„Genau!"

„Wie krass! Was sagt er denn? Wie geht's ihm? Wie läuft's mit seiner Familie? Ich will alles wissen!"

„Hm, eigentlich haben wir kaum über uns gesprochen."

„Mein Gott, das ist ja wieder so typisch! Interessiert dich also gar nicht, was so abgeht bei ihm?"

„Ja, doch, klar! Aber irgendwie wollte ich´s auch lieber doch nicht wissen."

„Aha! Und er hat auch nicht nach deinem Leben gefragt"

„Nö!"

„Und   du   hast   ihm   auch   nix   erzählt?"

„Nö!"

„Mann! Da musst du doch richtig was raushauen! Du bist Arztgattin! Ihr führt ein Leben in Saus und Braus in der Hamburger High Society! Du bist so glücklich, wie du es dir besser gar nicht vorstellen könntest und so."

„Warum?"

„Warum?", Louise packte Ellen am Arm, als wolle sie sie über den Tisch ziehen, um sicher zu gehen, dass sie ihr gut zuhörte. „Der Typ hat dich nach keine-Ahnung-wie-viel-jähriger Beziehung einfach so abserviert. Da hätte ich doch zugesehen, dass er weiß, dass dir nichts Besseres passieren konnte."

„Ist doch scheißegal!"

„Dir ist nicht zu helfen!"

„Ganz ehrlich, Louise? Diese ganze Sache mit der großen Liebe und so ist ja doch bloß ´ne Illusion. Da träumt man seine gesamte Jugend von dem einen einzig Richtigen. Alles dreht sich nur darum. Man sucht und guckt und wartet auf die große Erfüllung, knutscht hier und verliebt sich da, hofft auf das große Happy-End und irgendwann ist man dann total verwirrt und nimmt dann einen, der halt gerade scheinbar der Beste ist. Womöglich fährt man ja sogar ganz gut damit. Und wahrscheinlich wäre es mit jedem anderen ähnlich gelaufen. Es gibt nicht den einzig Wahren, es gibt nur den einen, der zur richtigen Zeit am richtigen Ort ist. Und dann lebt man so entlang. Wenn man Glück hat, wird man ganz zufrieden. So wie wir beide, Louise. Uns geht's doch gut."

„Hä? Ja klar!"

„Ja, aber halt nur ´gut´. Hast du doch selber noch gesagt gestern. Dass dir langweilig ist und so…"

„Moment mal, Ellen! Du warst doch so empört, oder nicht? Ich denk, du bist die Superehefrau in der perfekten Ehe. War´s nicht so? Gestern noch?"

„Ich hab gestern so viele perfekte Eheleute gesehen, fummelnd mit irgendwelchen anderen perfekten Eheleuten, die aber nicht zusammen gehörten."

„Tja, dann haben sie sich halt neu verliebt. Gibt´s immer wieder! Und ich rate dir, da auch mitzumachen. Das hält jung und frisch."

„Ach so´n Quatsch, Lou! Da ist kein Herzblut mehr drin! Keine Leidenschaft! Und schon gar keine Hoffnung! Das ist blanke Langeweile. Wenn nicht sogar Enttäuschung! Die sind alle, ich betone: ALLE; wir eingeschlossen, Louise; enttäuscht von der Realität. So ist es nämlich!"

„Na, das sind ja Neuigkeiten!", Louise verdrehte gelangweilt die Augen.

„Für mich schon: Ich find´s traurig!"

„Willst du mir erzählen, du hättest bis gestern noch an diesen Humbug von der einzig wahren Liebe geglaubt? Dann wundert mich gar nichts mehr! Dein Problem ist, dass du dich deinem Schicksal ergibst. Du siehst einfach zu, wie du dich nach und nach in Nichts auflöst! Du langweilst dich Ellen! Wenn man da nicht wach wird, ist das der Anfang vom Ende. Da fängt das Sterben an."

Sie sprang auf, schnappte Ellens Hand und zog sie vom Stuhl.

„Jetzt ist Schluss mit deinem Gejammer. Jetzt stehst du auf und nimmst dir vom Leben, was du kriegen kannst! Das kann man ja nicht mitansehen!"

In der Lobby wurden sie von der verschlossenen Fahrstuhltür aufgehalten. Da Ellen keine Fluchtanstalten machte, ließ Louise ihren Arm los.

„Was soll das werden?", fragte Ellen mit bösem Blick.

„Verabschiede dich von deinem Selbstmitleid! Erwachsene genießen das Leben eben anders. Man muss es nur tun."

Der Fahrstuhl ging auf. Louise stieg ein.

„Komm schon!", befahl sie, „wir müssen jetzt los. Zum Spa, zur Massage, zur Kosmetik und vor allem zum Frisör. So kann ich dich heute Abend zur Vernissage nicht mitnehmen.

Auf dem Zimmer packte Ellen ein paar Sachen zusammen und setzte sich dann seufzend auf den Stuhl neben dem großen Spiegel.

„Boah, du siehst echt scheiße aus!", beschimpfte sie ihr Spiegelbild.

„Die Frage ist, ob man da überhaupt noch was raus machen kann."

Sie kramte in ihrer Tasche nach dem Handy.

Ein Anruf in Abwesenheit. Holger hatte versucht, sie zurückzurufen. Sie musste sich eingestehen, dass sie jetzt keine Lust hatte, mit ihm zu sprechen. Es passte irgendwie gerade nicht. Das war neu. Ein seltsames Gefühl. Sie nahm sich vor, in seiner Mittagspause noch mal zu versuchen, ihn zu erreichen, steckte das Handy wieder in die Tasche und machte sich auf den Weg in die Lobby, wo Louise auf sie wartete.

10

„Olso, öch konn mör öcht nöcht vorstollon, doss dos örgondwos bröngt.", stammelte Ellen durch die Collagen-Avocado-Maske. Nach einem Fango-Bad hatte man sie in einen duftig-weißen Kuschel-Bademantel gesteckt und die Haare in einen Turban gewickelt.

„Mon moss holt dron gloubön!", meinte Louise, die genauso verpackt war.

Nebeneinander lagen sie in Massagesesseln bei säuselnder Entspannungsmusik. Zwischen ihnen ein Tischchen mit zwei Gläsern Sekt und einer kleinen Schale gefüllt mit einer Mischung Nüssen. Ein Zerstäuber verströmte angenehmen Duft von Jasmin und Rose und einem Hauch Vanille.

Zwei Kosmetikerinnen kamen, nahmen die Masken mehr oder weniger vorsichtig wieder herunter und verteilten anschließend eine beruhigende Lotion auf die rosigen Gesichter.

„Das muss jetzt gut fünfzehn Minuten einwirken.", sagte eine von ihnen und damit waren beide auch schon wieder verschwunden.

„Also, ich find´s herrlich!", jauchzte Louise und nippte fröhlich an ihrem frischen Sekt.

„Ja, ist ganz angenehm." erwiderte Ellen, die schon leicht beduselt war.

„Bist du jetzt etwas besser drauf?"

„Hm, ja, ich denk schon…sag mal. Lou, was macht dich eigentlich so sicher, dass Martin dir treu ist?"

„Wer sagt denn, dass ich mir da sicher bin?"

„Glaubst du etwa, dass er fremdgeht?"

Louise nahm sich den kleinen Handspiegel, der auf einem Kosmetiktischchen lag. Sie begutachtete zufrieden das Ergebnis der Behandlung.

„Unsere Beziehung basiert auf Liberalität. Darum funktioniert sie. Er weiß, dass er mich nur halten kann, wenn er mich laufen lässt. Ob er sich auch hier und da etwas erlaubt, interessiert mich gar nicht. Aber, ich denke, er braucht das nicht. Ich bin interessant genug, um einen Mann glücklich zu machen. Er braucht keine anderen."

„Du aber schon?" Jetzt nahm Ellen den Spiegel.

Sie hatte sich irgendwie mehr von ihrem bearbeiteten Antlitz versprochen. Naja… vielleicht mit etwas Schminke…

„Ich lebe von der Bestätigung.", führte Louise weiter aus. „Ich muss eben viel flirten. Man muss immer wieder seinen Marktwert checken. Dann weißt du, wo du stehst. Mein Marktwert ist enorm! Das weiß ich und das weiß auch Martin. Er würde unsere Beziehung niemals gefährden. Für keinen Busen der Welt!"

Ellen hob die Augenbrauen und stieß einen Pfeifton aus.

„Das nenn ich selbstbewusst!"

„Ja! Das braucht man als erwachsene Frau zum Überleben, Schätzchen! Nur dann kann man auch die Männer halten. Vorausgesetzt man will es."

„Willst du es etwa nicht mehr?"

„Ich rede von dir, Ellen."

„Hä? Wie kommst du darauf, dass ich meinen Mann nicht halten will?"

„So wie du dich gehen lässt…vielleicht, hast du tatsächlich verlernt, dich in Szene zu setzen. Vielleicht bist du auch wirklich einfach nur frustriert und depressiv. Oder aber dein Unterbewusstsein lässt dich extra so verblassen, um deinen Mann anderen, attraktiven Frauen in die Arme zu treiben, weil du es nicht übers Herz bringst, ihm zu sagen, dass du raus willst aus der Ehe…"

„Du spinnst ja!", schimpfte Ellen und kippte das halbvolle Glas Sekt herunter.

Der junge Mann kam wieder mit der Flasche herein und füllte die Gläser auf. Verwundert sah Ellen ihm nach. Wie konnte er gesehen haben, dass sie ihr Glas geleert hatte? Beobachtete er sie? Hörte er mit?

„Ich liebe meinen Mann!", flüsterte sie dann mit Nachdruck. „Und er braucht auch keine anderen Frauen!"

„Wenn du meinst…", erwiderte Louise wissend.

Sollte das wieder eine Andeutung sein? Ellen spürte leichte Nervosität in sich aufsteigen. War wirklich etwas im Argen, von dem Ellen nichts wusste? Ach was, Lou wollte sich sicher nur wieder wichtigmachen.

„Das meine ich!", sagte sie dann überzeugt, schloss die Augen und lehnte sich betont entspannt zurück.

„Na schön!", setzte Louise nach, „Wenn das auch so bleiben soll, musst du aber endlich was tun, meine Liebe! Es ist fünf vor zwölf!"

„Gar nichts muss ich! Unsere Ehe basiert nämlich auf Vertrauen und Beständigkeit…und… Ehrlichkeit…und sowas!"

Louise lachte mitleidig.

„Was denn?" Louises Verhalten provozierte Ellen wahnsinnig. „Meines Wissens funktionieren gute Beziehungen genau so! Niemand kann immer eine Rolle spielen. In einer vernünftigen Ehe ist man zuhause. Da kann man sein, wie man eben ist. Das macht eine gute Beziehung aus!"

Wieder lachte Louise überheblich. „Haha…solche Beziehungen werden nur alt, wenn aus Versehen nie beide gleichzeitig die Trennung wollen."

Ellen starrte sie böse an, wusste dem aber nichts entgegenzusetzen. Dann warf sie den Kopf wieder zurück an die Lehne und kniff die Augen zu, als sei das Thema für sie abgehakt.

Louise aber war gar nicht bereit die Diskussion zu beenden und führte weiter aus: „Es ist alles eine Frage der Darstellung. Und je besser du dich verkaufst, umso besser wirst du. Glaub´s mir!"

„Ich muss mich meinem Mann doch nicht irgendwie verkaufen. Das wäre ja keine Ehe, das wäre ein Krampf!"

„Ich habe dir immer schon gesagt, dass eine Beziehung Arbeit ist. Immer! Du wolltest nichts davon wissen. Jetzt hast du den Salat."

„Was denn für einen Salat?", Ellen wurde langsam sauer.

„Na, deine Ehe ist stinklangweilig und steht mächtig auf der Kippe, würde ich sagen."

Ellen wurde unruhig. Konnte es sein, dass sie Holger in ein Abenteuer trieb? Nein! Sicher nicht. Louise hatte keine Ahnung wovon sie sprach. Ihr oberflächliches Verhältnis zu ihrem Mann konnte man eben nicht mit Holgers und Ellens Ehe vergleichen.

Sie leerte ihr Glas mit einem Schluck und starrte auf die Tür, durch die der junge Mann mit der Flasche auch gleich gelaufen kam.

„Schön, so ein Arbeitsplatz, oder? Da lernste was fürs Leben!", fragte Ellen den verdutzten Kerl erbost. Der schien die Anspielung nicht zu versstehen und schlich ohne Worte wieder davon.

„Sind wir nicht hier, weil du so unzufrieden bist?", versuchte Ellen das Thema auf Louises Ehe zu lenken.

„Das ist doch was ganz Anderes. Ich weiß ja, was ich will. Ich hab alles und will mehr. Weil ich finde, dass ich´s verdient habe. In meinem Leben geht es um mich. Ich bin eine eigenständige Person geblieben und stehe immer noch mitten im Leben. Ich habe die Fäden in der Hand, verstehst du?"

„Ach, und bei mir ist das anders?"

„Ja sicher! Guck dich doch an. Du bist total verunsichert. Du denkst, du funktionierst nur mit Holger zusammen. Du klammerst dich an deine Ehe, weil das alles ist, was du hast und wenn sie scheitert, gehst du ein wie eine Primel."

„Ich wüsste nicht, warum sie scheitern sollte. Was soll das denn immer?"

Ellen sah Louise fragend an. Louise erwiderte ihren Blick, hob Schultern und Augenbrauen und sagte:

„Jedenfalls hast du nicht die Fäden in der Hand, Ellen. Du kannst nur abwarten, was passiert."

Damit hatte sie Ellen überzeugt. Genauso fühlte sich ihr Leben im Moment an.

„Ich hadere halt gerade mit mir selbst.", sagte sie ergeben.

Louise nippte genüsslich an ihrem Sekt und sah Ellen zufrieden an.

„Da siehst du wohin dich diese Comfort-Ehe getrieben hat, in der man bloß nicht an sich arbeiten soll. Kaum lässt man sich mal zwanzig Jahre gehen, schon weiß man nichts mehr mit sich anzufangen."

„Sehr witzig!"

„Schätzchen, wenn sowas, wie ihr habt, lange funktionieren soll, dann geht es wohl auch nur mit viel…Toleranz."

Ellen stützte sich auf ihre Unterarme und sah Louise fordernd an. „Toleranz?"

„Na ja, wahrscheinlich muss man den ein oder anderen Ausrutscher mal durchgehen lassen, damit der Partner keinen Grund hat, sein gemütliches Nestchen zu verlassen."

„Wie bitte?"

„Wie dir scheinbar selber gerade klar wird, gefährden Alltag und Langeweile irgendwann die Beziehung ."

„Und dann geht man halt los und pimpert mal wen anders, oder was?"

„Ich will nicht ausschließen, dass manche Männer; eben die gelangweilten mit der sicheren, langweiligen Ehefrau; sich abreagieren, um die Ehe aufrecht zu erhalten. Kann ja auch funktionieren. Was du nicht weißt, macht dich nicht heiß! Und du hast keinen `Krampf´ mit der Beziehung, wie du´s nennst."

„Holger ist nicht so einer!", sagte Ellen nicht ganz überzeugt.

„Holger ist ein Mann, wie alle anderen auch!"

„Und alle Männer gehen fremd, oder was?"

„Die gelangweilten. Ja."

„Dann gibt es also keine glückliche Ehe?"

„Entweder du hältst dich und deine Beziehung interessant, dann reichst du deinem Partner, oder du bist halt tolerant. Andernfalls erwachst du irgendwann böse und dann…."

„Wieso `Du´?", unterbrach Ellen sie panisch. „Was meinst du damit? Weißt du was, was ich auch wissen sollte?"

Louise zögerte. „Nö, aber ich halte Augen und Ohren auf. Das solltest du auch tun."

„Worauf spielst du an? Jetzt sag es doch mal!"

„Ach…quäl dich doch nicht, Ellen!"

„Was heißt das?" Ellen musste sich zusammenreißen, um nicht zu schreien.

„Beruhige dich! Ich weiß nichts Genaues. Ich sage dir nur: Halte ein Auge auf die kleine Sprechstundenhilfe."

Ellen wurde heiß. Bilder schossen ihr durch den Kopf. Von Holger und von Helene, seiner jungen Assistentin. Als sie gestern Mittag in der Praxis war, kamen beide aus dem Sprechzimmer. War da auch ein Patient? Sie erinnerte sich nicht. Oh, mein Gott! So ein Arschloch!

Nein! Alles Quatsch! Da war nichts! Holger liebte sie. Bestimmt! Aber sie liebte ihn auch und haderte trotzdem mit ihrem Leben…

„Ich muss ihn anrufen!"

„Jetzt? Dreh nicht durch, Schätzchen! Wahrscheinlich ist alles in Ordnung. Ich habe nur gesagt: Pass auf! Und vor allem, lass dich nicht gehen. Mach dich schön! Mach dich begehrenswert! Sei spannend! Und flirte!"

„Pfffft!" Ellen pustete laut aus und hatte Mühe, die Tränen zurückzuhalten.

Louise predigte weiter: „Eine Beziehung ist Arbeit, Ellen! Harte Arbeit! Fang endlich an!"

„Hm...", machte Ellen bloß. Wie ein Häufchen Elend hing sie in ihrem riesigen Massagesessel. Der Turban begann sich zu lösen und hing an einer Seite traurig herunter.

Eine kurze Zeit lang starrten beide schweigend vor sich hin.

Plötzlich sprang Ellen auf und wühlte in ihrer Tasche. Wühlte rechtsrum...wühlte linksrum. Der Turban fiel herunter. Ellen schrie genervt auf, riss die Tasche hoch und schüttete den gesamten Inhalt auf die Fliesen. Endlich fand sie ihr Handy und lief zur Tür hinaus.

Freitagnachmittag! Holger musste eigentlich schon zu Hause sein. Die Sprechstunde ging freitags nur bis Mittag, damit er zuhause noch Büroarbeiten erledigen konnte. Sie wählte ihre Telefonnummer und als sie gerade den Außenbereich des Spa erreicht hatte, hörte sie am anderen Ende die Mailbox anspringen.

Nervosität stieg in ihr auf. Die Beine wurden schwach. Ellen setzte sich auf eine Liege und wählte Holgers Handynummer.

„Dr. Herbst...Hallo? Hier ist der Anschluss von Dr. Herbst. Wer ist denn da?", säuselte eine weibliche Stimme.

Geschockt legte Ellen auf. Sie stand nur da. Konnte nichts sagen, nichts fühlen. Sie war nicht mal sicher, ob sie noch atmen konnte.

Sie hatte Recht! Louise hatte Recht! Es war alles...im Arsch!

11

Der letzte Patient war endlich zur Tür raus. Wieder einmal viel später als geplant.

„Birgit, würden Sie noch diese Laborberichte einsortieren? Ich muss schnell nachhause an den Schreibtisch. Da stapelt sich auch noch eine Menge Arbeit."

„Klar! Kein Problem, Herr Doktor!", lächelte Birgit.

„Könnten Sie mich vielleicht ein Stück mitnehmen?", fragte Helene mit einem unwiderstehlichen Augenaufschlag, „der Bus kommt immer so spät. Sie könnten mich an der Marktstraße rausschmeißen. Ich muss da noch einiges erledigen."

„Das kann ich machen. Aber dann flott!" Holger warf einige Briefe und sein Handy in seine Tasche und zog eilig den Mantel vom Haken.

„Bin so gut wie fertig!", trällerte Helene und zwinkerte Birgit frech grinsend zu.

Damit waren beide auch schon zur Tür raus.

In der Tiefgarage stiegen sie in Holgers Auto, doch als der den Schlüssel herumdrehte, gluckerte der Motor einmal und verstummte wieder.

„Oh nein! Bitte nicht!", flehte Holger.

Er drehte den Schlüssel noch einmal und erneut gluckste der Wagen nur müde auf.

Holger legte die Stirn auf die Hände am Lenkrad und seufzte.

„Das hat er im Moment leider öfter. Bisher ist er aber immer wieder angesprungen."

Helene lächelte leicht gequält und zuckte nur mit den Schultern.

Ihr Chef war wirklich unfassbar niedlich. Den ganzen Tag begegnete er mit einer Seelenruhe den Alten und Kranken, strahlte Weisheit und Souveränität aus wie kein anderer. Aber wenn er den Arztkittel auszog, war er auf einmal ein normaler, leicht verpeilter- aber attraktiver- Mann mit altem Auto.

„Einmal versuch´ ich´s noch."

Er kniff die Augen zu, als wollte er nicht sehen und hören, wenn der Versuch fehlschlug.

-Gluck- machte es einmal. –Gluck- ein zweites Mal. Dann sprang der Motor an.

„Ja!" Holger klatschte in die Hände. „Er macht´s halt gerne spannend. Aber im Stich gelassen hat er mich noch nie:"

Er strahlte Helene an. Die lachte zurück und schmolz innerlich fast dahin beim Anblick seiner kindlichen Freude.

Leichter Regen prasselte aufs Autodach, als sie die Garage verließen. Holger dachte an Ellen und hoffte, sie und Louise hätten besseres Wetter auf der Insel. Ellen sollte sich erholen. Er war froh, dass sie mal wieder rauskam. In letzte Zeit hatte er das Gefühl, dass sie nicht mehr richtig glücklich war. Ellen reagierte oft genervt und redete nicht mehr viel. Sie lächelte immer seltener. Er machte sich Sorgen, wusste aber nicht, wie er ihr helfen konnte. Abgesehen davon wollte sie sich auch nicht wirklich helfen lassen. Zumindest nicht von ihm. Vielleicht wusste sie aber auch selbst nicht, was mit ihr los war. Darum konnte es sicher nicht schaden, wenn sie sich mit ihrer besten Freundin in Ruhe austauschen konnte. Wenn Holger auch bezweifelte, dass Louise feinfühlig und sensibel genug war, um sich mit Ellens Problemen auseinander zu setzen. Wenn sie überhaupt Interesse daran hatte.

„Wie alt ist der Wagen denn?", fragte Helene als der Motor nach einer Abbiegung noch einmal zuckte.

„Ungefähr so alt wie Sie, würde ich schätzen.", meinte Holger grinsend.

Helene sah ihn fragend an. Was sollte das jetzt werden? Wollte er erfahren, wie alt sie war? Ach was! Er hat sie ja selber eingestellt und hat dann also auch ihre Bewerbung studiert. Aber vielleicht hatte er es vergessen? Und jetzt interessierte es ihn auf einmal doch wieder? Ihr Herz schlug schneller.

„Wäre dann ja ein guter Jahrgang!", konterte sie möglichst lässig.

„Finde ich ja auch.", lächelte Holger," aber so langsam muss ich wohl doch mal über ein neueres Model nachdenken."

„Ich hoffe, das bezieht sich auf Ihr Auto und nicht auf Ihre Sprechstundenhilfe!"
Beide lachten.

Da ruckelte der Wagen auf einmal und ging aus. Holger konnte ihn noch eben an den Fahrbahnrand lenken.

„Mist!", schimpfte Holger, „Ich fürchte das war´s jetzt mit dem Motor."

Beide saßen schweigend im Auto. Der Regen war inzwischen stärker geworden und hämmerte aufdringlich aufs Dach. Holger drehte einige Male hoffnungslos den Schlüssel um. Ohne Erfolg!

Irgendwann zog er einen Hebel unter dem Armaturenbrett und schlug den Mantelkragen hoch.

„Ich guck dann mal nach, ob ich was machen kann!"

Als er tief unter der Motorhaube steckte, eher um nicht so nass geregnet zu werden, als um nach möglichen Schäden zu suchen, klingelte sein Handy im Auto.

Helene drehte die Scheibe ein wenig runter und rief:

„Telefon! Ihr Handy klingelt!"

„Mist! Gehen Sie bitte mal ran! Ich habe total verschmierte Hände!"

Helene sah auf das Display. `Ellen ruft an´. So hieß doch seine Frau, oder? Sie war sich nicht sicher.

„Dr. Herbst!...Hallo?...Hier ist der Anschluss von Dr. Herbst. Wer ist denn da?"

Die Tür ging auf und Holger ließ sich tropfnass auf den Sitz fallen.

„Wer ist dran?", fragte er.

„Ich weiß nicht. Das Gespräch war auf einmal wieder weg. ´Ellen´ stand auf dem Display."

„Meine Frau! Die ist auf Wesum. Da ist der Empfang oft schlecht. Ich rufe sie gleich zurück. Haben Sie ein Taschentuch?"

Helene wühlte ein Tuch aus ihrer Tasche und Holger säuberte seine ölverschmierten Hände.

„Mist! Was machen wir denn jetzt?", überlegte er, „Haben Sie´s noch weit?"

„Na ja, es geht so. Vielleicht fährt ja von hier auch irgendein Bus in meine Richtung. Eigentlich wollte ich auch noch ein paar Besorgungen machen. Aber bei dem Wetter…"

Holger drückte den Knopf der Warnblinkanlage und sagte dann entschlossen:

„Ich stelle jetzt dahinten das Warndreieck auf und flitze dann in das Café dahinten. Von da rufe ich dann bei einem heißen Kaffee die Werkstatt meines Vertrauens an und hoffe, dass man mir da schnell helfen kann. Wenn Sie Lust haben, lade ich Sie auf einen Kaffee ein. Dafür, dass Sie jetzt meinetwegen im Regen stehen."

„Ok, warum nicht.", freute sich Helene.

Holger lächelte sie an und war auch schon zur Tür rausgesprungen. Hektisch wühlte er im Kofferraum nach dem Warndreieck, baute es im Lauf zusammen, stellte es auf und lief eilig zurück zum Auto, um nicht komplett durchzunässen.

Hier öffnete er die Beifahrertür und deutete Helene, unter seinen Mantel zu schlüpfen, damit er sie vor dem Regen schützen konnte.

Was für ein Gentleman- dachte Helene begeistert. Strahlend schmiegte sie sich in Holgers Arm. Der stieß noch mit dem Fuß die Tür zu und dann rannten sie los. Gleich in die nächste große Pfütze. Das Wasser spritzte beiden bis ins Gesicht. Sie lachten laut auf und liefen kichernd weiter bis sie das Café erreichten. Sie fanden schnell einen freien Tisch.

„Ich gehe mal eben an die Tür zum Telefonieren, ok?",
sagte Holger und bestellte noch schnell zwei Cappuccino
an der Theke.

Bevor er die Nummer der Werkstatt raussuchte, wählte
er Ellens Nummer. Vielleicht machte sie sich Sorgen,
wenn sie ihn nicht erreichte. In letzter Zeit machte sie sich
ständig Sorgen über alles Mögliche. Das Freizeichen
ertönte. Dann wurde die Verbindung plötzlich wieder
unterbrochen. Holger warf einen verwunderten Blick auf
sein Handy.

Tja, scheiß Verbindung auf der Insel-dachte er dann und
machte sich daran, erstmal die Nummer der Werkstatt
herauszufinden.

12

„Ellen! Da bist du ja!"

Sie musste eine ganze Weile hier gesessen haben, denn als Louise den Kopf durch die Tür steckte, war diese bereits wieder angezogen, während Ellen ja noch in dem Bademantel steckte.

Ellen sagte nichts.

„Was ist denn los?", fragte Louise.

„Du hast Recht!" Ellen schien völlig emotionslos.

„Womit denn? Was hat er denn gesagt?"

„Gar nichts!", schrie Ellen auf einmal. „Gar nichts! Da war nur Helene dran!"

"Helene?"

„Die Sprechstundenhilfe!"

„Ach du Scheiße! Bist du sicher?"

„Ja, ziemlich. Es war eine Frau."

„Vielleicht ja diese ältere Hilfe. Wie heißt die noch?"

„Nein! Birgit war´s nicht. Die Stimme kenn ich. Außerdem geht die doch nicht an sein Handy."

In dem Moment klingelte Ellens Smartphone.

Holger ruft an- erschien auf dem Display. Die Frauen sahen sich an. Dann griff Louise nach dem Telefon und drückte den Anruf weg.

„Was…ich wollte…", stammelte Ellen.

„Das blöde Ding lassen wir jetzt aus. Am besten sogar, bis wir wieder in Hamburg sind. Der soll sich jetzt mal schön ´nen Kopp machen!"

„Gib mir mein Handy!", rief Ellen.

„Du kannst nicht klar denken, Ellen. Wenn du jetzt mit ihm sprichst, machst du alles noch schlimmer!"

Damit steckte sie das Handy in ihre Handtasche.

„Ich weiß nicht…", murmelte Ellen, wehrte sich aber nicht weiter, starrte nur betrübt auf den Boden. Wahrscheinlich hatte Lou mal wieder Recht. Sie konnte keinen klaren Gedanken fassen.

Louise nahm sie an die Hand. „Wir machen dich jetzt weiter schön und dann geben wir so richtig Gas! Als gäb´s kein Morgen!"

Widerstandslos ließ Ellen sich mitführen. Allerdings war sie nicht wirklich in der Lage sich selbstständig anzuziehen. Louise musste ihr helfen. Sie hielt ihr die Hose hin, wie einem kleinen Kind, damit sie ohne Mühe einsteigen konnte. Auch den Pullover musste sie ihrer teilnahmslosen Freundin überstreifen. Zum Schluss legte sie Ellen noch ihren Seidenschal über den Kopf, an dem die feuchten Haare noch wild in alle Richtungen standen. Louise zahlte den Spa-Aufenthalt, nahm Ellen wieder an die Hand und zog sie weiter hinter sich her.

„Als erstes müssen wir jetzt ganz dringend zum Frisör!"

„Lou…ich will nicht!"

„Keine Widerrede! Du siehst fürchterlich aus!"

„Ich will mein Handy! Ich muss Holger anrufen."

„Nichts da! Er wird doch sowieso nichts zugeben. Du wärst kein Stück schlauer. Nur er hätte den Vorteil, zu wissen, was du denkst und könnte in aller Ruhe Spuren verwischen. Anrufen geht gar nicht!"

„Doch! Lass mich los! Ich will nach Hause!"

„Auf keinen Fall!"

Hastig zog Louise sie weiter.

„Jetzt lass dich nicht so hängen, Ellen!"

„Hallo? Ob ich wohl total am Arsch bin?"

„Quatsch! Ist doch gar nix los!"

Ellen riss ihre Hand los und starrte Louise fassungslos an.

„Sag mal, geht´s noch? Meine Ehe ist gerade zerbröselt und du sagst: `ist gar nix los´?"

„Also bis jetzt hast du nur eine Frau an Holgers Telefon gehabt. Sonst ist noch gar nichts passiert. Vielleicht hat er dafür eine ganz einfache Erklärung. Dann liegt´s an dir, ob du eine Welle machst oder ob du das Toleranz-Ding ans Laufen bringst."

Sie erreichten den Friseursalon.

Mit den Worten: „Diese Dame braucht dringend eine vernünftige Frisur.", drückte Louise die Tür auf.

Eine freundliche, gut frisierte junge Blondine nahm die beiden in Empfang und bot Ellen gleich einen Stuhl an, in den Louise sie unsanft reindrückte. Sie nahm ihr das Seidentuch vom Kopf und sah sich gemeinsam mit der Friseurin das Desaster an.

„Hm, also waschen müsste ich nicht mehr, oder?", wurde Ellen gefragt.

„Mir ist schlecht!"

Louise übernahm das Wort: „Nein! Sie braucht einen guten Schnitt. Was Aufregendes. Und Farbe! Auf jeden Fall etwas Farbe!"

Die Blondine wühlte ratlos in Ellens strähnigem Haar.

„Tja, also, um mir einen Überblick zu verschaffen, müsste ich doch erst mal föhnen und dann…"

„Tun sie, was sie für nötig halten!", fuhr Louise ihr über den Mund, „wir bräuchten allerdings erst mal einen Prosecco!"

Ellen verdrehte die Augen.

„Lou, was soll das denn alles? Ich gehe jetzt ganz sicher nicht auf irgendeine Party!"

„Ellen! Wenn du deine Ehe retten willst, musst du jetzt wach werden!"

„Ich glaube nicht, dass es meiner Ehe irgendwas bringt, wenn ich feiern gehe."

„Du hast gar nichts verstanden! Wie´s aussieht, ist dein Mann schon viel weiter als du. Der hat wahrscheinlich längst wieder ein Leben neben dem Alltag zuhause."

„Na wenn das kein Grund zum Feiern ist…"

„Du hast jetzt genau zwei Möglichkeiten: entweder du packst deine Koffer, womit du wohl tatsächlich am Arsch wärst, weil du ja leider meintest, dein Leben für diesen Kerl aufgeben zu müssen und somit für immer abhängig bist…"

„…oder?", fragte Ellen tief deprimiert.

„Oder du akzeptierst die neuen „Regeln" eurer Beziehung und ziehst auch los und nimmst dir selber, was das Leben noch zu bieten hat."

In diesem Moment brachte die Blondine zwei Gläser Prosecco.

Louise nahm die Gläser, stieß sie zusammen und sagte:

„Prost! Also ich trinke auf das Leben!"

Sie nippte an einem der Gläser und hielt Ellen das andere hin. Die nahm es und stürzte das prickelnde Nass in einem herunter.

Louise lächelte sie an und rief:

„Hallo? Könnten wir noch ein Glas Prosecco bekommen?"

Als die Frauen den Salon verließen, waren bereits Stunden vergangen und beide schon recht angeschickert.

„Du siehst ganz toll aus, Ellen!", freute sich Louise.

„Ich muss zugeben, ich fühle mich fast wie neu!"

Die neue Frisur stand ihr perfekt. Am Hinterkopf waren die kastanienbraun gefärbten Haare um einiges kürzer geworden und leicht angeschnitten. Vorne umspielten sie glänzend das edel geschminkte Gesicht. Die Blondine hatte ganze Arbeit geleistet und der Prosecco tat das übrige dazu, dass Ellen ihre Sorgen etwas beiseiteschieben und wieder vorsichtig lächeln konnte. Immerhin war ja tatsächlich gar nicht klar, ob die ominöse Frau am Telefon wirklich eine Gefahr für Ellens Ehe darstellte. Jetzt wollte sie nicht mehr darüber nachdenken. Sie dachte sowieso viel zu viel. Sie wusste nicht mehr, was richtig oder falsch war, ob sie nun jung oder alt, ob alles zu spät oder noch früh genug war. Und wofür überhaupt?

Ob ihr Leben eigentlich das war, das sie wollte. Konnte man das überhaupt jemals sicher sagen?

Wollte man ständig was Neues oder gab es nur den einen richtigen Weg, der glücklich macht?

Wäre sie in einem anderen Leben eine andere Frau oder passte sie gar nicht in ein anderes Leben?

Oder wäre sie eben in genau einem anderen Leben die Frau, die sie eigentlich war?

Wer war sie eigentlich?

Dieses Gegrübel machte sie fast wahnsinnig!

Louise hatte sie überzeugt. Der beste Weg, einem Nervenzusammenbruch vorzubeugen, war es einfach mal nicht zu denken und loszulassen. Zumindest vorübergehend, solange sie eh nichts klären konnte.

„Schade, dass Holger mich jetzt nicht sehen kann."

„Warum? Ich denke doch, dass du ab sofort immer so aussiehst. Komm schnell! In einer halben Stunde schließen die Läden. Du brauchst noch einen coolen Fummel. Dann kann´s losgehen!"

13

Mit neuem, aufregendem, dunkelgrünem Einteiler und passenden Peeptoes betrat Ellen kurze Zeit später hinter Louise die Galerie, in der die Vernissage stattfand. Zum ersten Mal seit Langem, hatte sie das Gefühl, dass auch sie von den Leuten wahrgenommen wurde und nicht hinter Louise verschwand. Blöderweise machte sich in den engen Schuhen der verletzte Zeh wieder bemerkbar, aber Ellen würde den Schmerz einfach mit Alkohol betäuben, so wie ihren Kopf, in dem immer mal wieder ein Bild von Holger und Helene aufflackerte und zunehmend realer wurde.

„Ich brauche mehr Prosecco!", flüsterte sie ihrer Freundin ins Ohr, die gleich damit beschäftigt war, all ihre Kollegen und Bekannten aus dem Kunstgewerbe überschwänglich zu begrüßen.

„Entschuldigung!", rief Ellen dem Mädchen zu, dass die Getränke herum reichte, „ich hätte gern einen Prosecco. Danke!"

„Das ist Champagner!", hauchte ihr plötzlich jemand ins Ohr.

Erschrocken drehte Ellen sich um. Leider stand der junge Mann so nah, dass dabei ein ordentlicher Schwung Champagner auf sein Jackett schwappte.

„Na toll!", schimpfte Ellen.

„Na toll? Das heißt `Entschuldigung´!", meinte der junge Mann amüsiert, „Aber sie sind mir ja auch auf der Fähre schon unangenehm aufgefallen. Hatten sie nicht jemandem die Zunge rausgestreckt?"

„Ach Gott! Sie sind das! Ja, hatte ich! Allerdings nur mir selber. Das geht jawohl niemanden etwas an!"

„Also, wenn so einer schönen Frau die Zunge rausgestreckt wird, muss ich mich da leider einmischen. Egal, wer's getan hat. Da kann ich nicht anders."

Ellen wusste nicht, wie sie reagieren sollte. War das eine Anmache? Niemals! Der Typ war locker zwanzig Jahre jünger. Der würde doch nicht eine Frau jenseits des Verfallsdatums angraben. Er machte sich sicher lustig über sie. Wie auch schon auf der Fähre.

Gleich war Ellen wieder verunsichert. Hatte sie vielleicht doch etwas übertrieben mit dem Make-up? Nicht selten sehen ältere Frauen noch viel älter aus, wenn sie versuchen, sich unter zu viel Schminke zu verstecken. Bestimmt sah sie völlig verkleidet aus und jeder erkannte sofort, dass sie normalerweise nicht so aufgebrezelt herumlief. Gab sie so ein lächerliches Bild ab?

„Fräulein!", rief der junge Mann und sofort steuerte das Mädchen mit dem Tablett auf sie zu.

Egal jetzt! - dachte Ellen. Heute bin ich selbstbewusst und schön! Fast hätte ich's schon wieder vergessen.

Damit kippte sie den Rest des Champagners in einem Schluck herunter und griff, ebenso wie der aufdringliche Kerl neben ihr zu einem neuen Glas.

„Vielleicht sollte das Mädel das Tablett hierlassen?", witzelte der.

„Hören Sie! Wenn sie unbedingt Ihre urkomischen Scherze an den Mann bringen wollen, suchen Sie sich bitte jemand anders! Ich bin heute nicht zu Späßen aufgelegt."
Ellen versuchte möglichst selbstsicher zu wirken.

„Oh, Entschuldigung! Das ist sehr schade. Ich war mir sicher, dass man mit Ihnen viel Spaß haben könnte. Aber da habe ich mich wohl geirrt."

Wie bitte? Was für Spaß? Wie sollte sie das wieder verstehen. Entweder war das jetzt echt unverschämt, oder der Typ ein absolut ungeschickter Flirter.

Ellen konterte arrogant: „Tja, auch da fehlt es Ihnen scheinbar noch an Erfahrung."

Damit ließ sie den jungen Mann stehen und schlenderte mit höchst interessiertem Blick weiter durch die Skulpturen und Bilder. Die bunten Werke waren sehr abstrakt. Meist ergaben nur wenige kräftige Striche ein Bild. Irgendwann blieb Ellens Blick an einem großen Kunstwerk hängen, das vorwiegend in Rot gehalten war. Lange betrachtete sie die einfachen Striche und Bögen.

„Ich kann mir nicht helfen. Irgendwie sieht das versaut aus!", murmelte sie und bückte sich, um das unter dem Bild angebrachte kleine Schild sehen zu können, auf dem Name und Entstehungsdatum des Werkes zu lesen waren.

„Lolitas Schoß", sagte sie laut. „War ja klar!"

„Wie gefällt einer erfahrenen Frau dieses Bild?" Wieder quatschte der Typ von der Fähre, einen weiteren jungen Mann im Schlepptau, sie von der Seite an.

„Hören Sie! Ich habe keine Zeit für Ihre belanglosen Plaudereien."

„Belanglos? Soll das heißen, sie interessieren sich gar nicht für die Kunst?"

Ellen zog eine Augenbraue hoch und behauptete überheblich:

„Schätzchen, die Kunst ist meine Berufung. Ich bin Galeristin und immer interessiert an dem, was auf dem Markt ist." Oha, sie klang ja wie Louise. Kleider machten wohl tatsächlich Leute. Jetzt aber schnell das Weite suchen, dachte Ellen, bevor der Schwindel aufflog.

Doch der junge Mann verwickelte sie weiter ins Gespräch:

„Was meint denn dann ein Profi zu diesem Werk? Mein Kumpel Jonas hier sagt, es sei sein Lieblingsbild."

„Ja, natürlich!", meinte Ellen, „aber sicher nicht wegen des künstlerischen Wertes, sondern wohl eher, weil es obszön ist. War klar, dass nachpubertäre Kerle sowas toll finden."

Die beiden Männer schmunzelten.

„Und wie steht´s um den künstlerischen Wert?", fragte Jonas.

„Na ja! Von hoher Kunst kann man da wohl nicht sprechen. Die liegt hier wohl eher darin, den Mut zu haben, einem einfachen Bild aus wenigen, fantasielosen Strichen einen provokanten Namen zu geben, in der Hoffnung, dass irgendwelche unreifen jungen Männer viel Geld dafür ausgeben. Für mein Geschäft kommt sowas nicht in Frage!"

Bähm!!-dachte Ellen- das hat gesessen. Mit einem Siegeslächeln winkte sie wieder die junge Dame mit dem Champagner heran. Gleich dahinter erschien auf einmal Louise.

„Jonas! Da sind sie ja! Oh, Ellen, ihr habt euch schon bekannt gemacht?"

„Nicht wirklich!", meinte der junge Mann.

„Also, Jonas,“ übernahm Louise das Wort,“ das ist Ellen Herbst, meine Freundin aus Hamburg. Ellen, das ist Jonas Helmström, der Künstler dieser Ausstellung.“

Ellen lief sofort rot an, griff schnell nach einem Champagnerglas und nahm hektisch einen großen Schluck, als könne sie die Peinlichkeit damit herunterspülen.

Louise wandte sich an Ellens Verfolger: „Wir hatten allerdings noch nicht das Vergnügen…“

„Hallo! Ich bin Nils Wagner!“, meinte dieser und lächelte auch Ellen freundlich zu. Die konnte leider der Unterhaltung nicht mehr richtig folgen. Ihre eigenen Worte wirbelten ihr unaufhörlich durch den Kopf. Wie konnte sie nur so einen Schwachsinn erzählen? Und wie sie das Bild runtergemacht hatte. Oh mein Gott! Das war ja alles so peinlich!

Künstler Jonas erklärte: „Nils ist einer meiner besten Freunde. Wir kennen uns noch aus der Studienzeit in Berlin. Er wird die Surfschule unten am Südstrand übernehmen und ist darum hier auf die Insel gezogen. Nils hat diese Ausstellung für mich organisiert.“

Ellen hörte nicht zu, sah sich nur hilfesuchend um. Sie musste irgendwie hier weg. Da entdeckte sie auf einmal ihre alte Bekannte Susanne unter den Besuchern. Die schickt der Himmel! Danke lieber Gott! -dachte Ellen.

„Entschuldigt mich bitte!“, murmelte sie und war sofort verschwunden.

Auch Susanne freute sich, Ellen wiederzusehen. Sie schlug ihr vor, in eine nette Bar zu wechseln, um sich in

Ruhe, und auch gern ohne Louise, unterhalten zu können, was Ellen natürlich liebend gerne annahm.

Sie gab Louise Bescheid und verließ mit Susanne eilig die Location.

Stundenlang plauderten die beiden anschließend über alte Zeiten. Dabei gab es den ein oder anderen Wein und zur „Happy Hour" auch mal einen Cocktail.

Ellen erfuhr, dass ihr Exfreund Christoph, den sie gestern getroffen hatte, damals mit seiner Freundin in ein kleines Dorf an der Küste gezogen war und dort einen Bauernhof bewirtschaftete. Sie hatten dort geheiratet und auch ein Kind bekommen. Doch scheinbar war die Ehe nicht ganz glücklich. Auch Susanne hatte ihn am Abend zuvor getroffen. Ihr hatte er erzählt, er wolle eventuell wieder zurück auf die Insel kommen.

Ellen erzählte Susanne von ihrer Sorge um ihre eigene Ehe und Susanne, die unverheiratet geblieben war, um kein Risiko einzugehen, riet ihr, die Sache nicht auf die leichte Schulter zu nehmen. Ellen sollte sich nicht verarschen lassen, wie all die anderen. Die meisten Freundinnen von damals seien geschieden oder machten gute Miene zu bösen Ehespielchen. Susanne sei die einzig glückliche unter ihnen, weil sie ihr ganz eigenes Leben führte. Bewundernd hörte Ellen ihr zu und war sich auch bald sicher, dass alle Männer Schweine sind.

Irgendwann erschien Louise in der Bar und ordnete an, sie in den „Partykeller", eine kleine Bar mit Tanzfläche, zu begleiten.

Die Damen torkelten zum Ausgang, wo sich Susanne auch gleich verabschiedete -der Alkohol forderte seinen Tribut.

„Ischwillnonichnahause!", lallte Ellen.

„Richtig so!", meinte Louise, „Du ziehst noch mit mir weiter!"

Im „Partykeller" angekommen, krallte Ellen sich gleich an die Theke. Als der Boden nicht aufhörte zu schwanken, zog sie sich einen Hocker ran und setzte sich, nachdem sie noch einen kleinen, letzten Absacker bestellt hatte. Sie starrte auf die Tanzfläche und musste sich sehr anstrengen, ein einfaches, scharfes Bild zu sehen.

„Ach, duschscheise!", da war doch schon wieder dieser…wie hieß der noch? Jens? Oder Nils? Nils!

Baggerte fleißig an einer knackigen Dunkelhaarigen rum.

„AllesssAschschlöcher!", versicherte sie sich selbst.

Aber er sah schon gut aus. Man konnte gleich sehen, dass er sportlich war. Groß und gut gebaut, nicht zu viele und keinesfalls zu wenig Muskeln. Das etwas längere, sonnengesträhnte, dunkelblonde Haar umspielte ein ausgesprochen sympathisches Gesicht. Früher hätte er genau in Ellens Beuteschema gepasst. Sie war schon zu beneiden, die junge Dame, die von ihm umgarnt wurde.

Hach, was hatte das damals Spaß gemacht. Nächtelang durchtanzen, hemmungslos flirten, Ende offen. Prickelnd und aufregend war das und so lange her. Eine klitzekleine Ahnung dieses Lebensgefühls konnte Ellen plötzlich wieder spüren, als sie den beiden zusah. Bestimmt war er leidenschaftlich, dieser Nils, und feurig und…kommt er jetzt etwa?

Ellen versuchte krampfhaft, ihren Blick scharf zu stellen. Ja, er kommt zur Theke! Mist!

Die schöne Dunkelhaarige tanzte weiter.

„Hi Ellen! Du bist ja auch noch unterwegs!", meinte er. Und dann zum Kellner: „Zwei Bier bitte! Oder willst du auch noch eins, Ellen?"

Sie schüttelte nur den Kopf und deutete auf ihr Glas.

„Oder heißt du auch gar nicht Ellen?", schob er hinterher.

„Hä? Wieso?"

„Wir mussten leider feststellen, dass du gar keine Galeristin bist!"

„Aso...das!" Ellen zuckte mit den Schultern. Was sollte sie da noch zu sagen?

„Dass sich eine gestandene Frau solche Geschichten ausdenkt. Ganz schön peinlich!"

„Gez hör ma zu, Schwänzchen!" Nils sah sie geschockt an.

„Schätz...Schätzchen, wollte ich sagen...isch muss nahausse!"

14

Der Morgen war sehr stressig gewesen, die Praxis zum Bersten voll. Jetzt war es fast Mittag und das Wartezimmer leerte sich. Helene erledigte noch einiges im Labor. Birgit sortierte Patientenkarten und Überweisungen, die sich in der Hektik hinter der Theke gestapelt hatten. Als sie den letzten Patienten aufrufen und ins Sprechzimmer begleiten wollte, öffnete sich die Tür des anderen Behandlungsraums. Holger steckte den Kopf heraus und sagte kurz:

„Birgit, wenn ihr gleich zu Tisch geht, sag doch bitte Helene, sie möchte noch bleiben. Ich habe noch etwas mit ihr zu besprechen. In Ruhe!"
Damit war die Tür auch schon wieder zu.

„Aha!", machte Birgit, schickte den Patienten ins Zimmer und traf dann zurück an der Anmeldung gleich auf Helene.

„Du sollst gleich noch bleiben, sagt der Chef!", raunzte sie.

„Ach ja? Sehr gerne!", lachte Helene und fing an, glücklich vor sich hin zu summen.
Das machte Birgit zunehmend nervös.
Der wird sich doch wohl nicht auf dieses kleine Luder einlassen ?- brodelte es in ihr. -Ach was! Niemals! Was bildete sich das Miststück nur ein?

„Nicht, dass er dich feuern will!", sagte Birgit schnippisch.

„Sicher nicht!", antwortete Helene und zwinkerte Birgit zu, was diese noch mehr auf die Palme brachte.

„Kindchen, du hast es hier mit einem gestandenen Mann zu tun, der glücklich verheiratet ist. Wahrscheinlich will er dir ein paar Tipps geben, wie du stressfrei durch die Pubertät kommst!"

Helene lachte laut auf.

Birgit zog bemüht unbeeindruckt eine Augenbraue hoch und sagte nur: „Du machst dich lächerlich, Mädchen!"

Dann wandte sie sich wieder dem Stapel Karteikarten zu.

Helene lief ins Labor, kam kurz darauf wieder heraus, legte sanft einen weiteren, großen Packen Patientenkarten auf den Stapel, beugte sich ganz dicht an Birgits Ohr und säuselte:

„Wir hatten einen besonders netten Abend gestern. Er hat mich zum Kaffee eingeladen und er machte nicht den Eindruck, dass es ihm unangenehm war, als ich ihm deutlich gemacht habe, dass er genau mein Typ ist und ich zu allem bereit wäre. Du verstehst?"

Mit großen Augen starrte Birgit sie an und schnappte nach Luft.

Helene grinste sie an. Dann drehte sie sich um und verschwand auf der Personaltoilette.

15

Uuuh, Schmerzen! Fürchterliche Kopfschmerzen! Ellen traute sich nicht, die Augen zu öffnen. Sicher würde sich alles drehen. Es schwankte ja so schon unter ihr. Die Beine taten auch weh. Und der Hals! Und diese Kopfschmerzen! Schon wieder! Das Inselleben war echt ungesund!

Vorsichtig blinzelte sie durch ein Auge. Es war ja stockfinster hier! Hatte sie gestern noch die Vorhänge zugezogen? Oder war sie…oh mein Gott, war sie blind? Erschrocken riss sie beide Augen auf und schnellte hoch. Puh, da unter der Tür konnte sie Licht durchscheinen sehen. Alles gut! Was für ein Schock! Pochend meldete sich der Kopfschmerz zurück und sie ließ sich wieder ins Kissen fallen.

Moment Mal! War die Tür nicht gestern auf der anderen Seite? Lag sie falschrum? Das Zimmer kam ihr auch viel größer vor…

Ach du Scheiße! Das war gar nicht ihr Hotelzimmer!

Oh mein Gott! War sie entführt worden?

„Hilfe!", rief sie heiser und hielt sich sofort selber den Mund zu. Jetzt mal ganz locker bleiben!

Denk nach, Ellen! Streng dich an! Sie konnte sich an nichts erinnern.

War sie bei Louise gelandet? Mit der Zeit gewöhnten sich ihre Augen an die Dunkelheit. Das war kein Hotel.

Sie erkannte einen großen Schrank, einen Fernseher, ein Sofa, viele Klamotten, wild verstreut.

Klamotten!? Sie warf einen vorsichtigen Blick unter die Bettdecke. Ihre Unterwäsche trug sie noch. Das war ja schon mal gut.

Plötzlich hörte sie Schritte. Jemand drückte leise die Klinke herunter. Ellen stellte sich schlafend. Ihr Herz pochte. Sie spürte, wie sich jemand auf das Bett setzte. Dann fühlte sie eine Hand an ihrer Schulter.

„Ellen!", flüsterte eine Männerstimme.

„Ich gehe schnell duschen, ok?"

Vorsichtig drehte Ellen sich um. Es war Nils.

„Ääh…"

„Ist schon ok. Dir geht´s sicher nicht so gut. Schlaf noch ein bisschen. Ich bin gleich wieder da."

Er stand auf, öffnete leicht die Vorhänge, sodass sich das goldene Sonnenlicht im Raum verteilen konnte, ohne Ellen gleich zu blenden.

Wie spät war es denn? Das Handy. Wo war das Handy? Vielleicht konnte sie über ihr Smartphone etwas über den gestrigen Abend herauskriegen.

Ach Mist! Louise hatte es ihr ja schon am Nachmittag abgenommen. Scheiße!

Holger fiel ihr ein. Holger und Helene. Was für ein Schwachsinn. Hatte sie nicht total überreagiert? Vielleicht war sie kurz davor verrückt zu werden? Aber was, wenn doch was dran war? Sie versuchte krampfhaft zu denken, konnte aber keinen klaren Gedanken fassen. Sie starrte an die Decke.

Ihr Kopf war, bis auf den Schmerz, völlig leer.

Wie war sie denn nur hierhergekommen? Was war passiert? Und vor allem: War was passiert? Um Himmels

Willen, wenn sie was mit ihm angefangen hatte…. Aber so war sie nicht. Da könnte sie noch so besoffen sein. Und außerdem würde sie sich doch daran erinnern, oder?

Durst! Sie musste unbedingt sofort was trinken!

Vielleicht gibt´s ja auch einen Kaffee-dachte sie. Vorsichtig setzte sie sich erst einmal an den Rand des Bettes. Als das Schwanken nachließ, wagte sie sich hinzustellen. War gar nicht so schlimm! Ellen schlurfte zum Fenster, riss die Vorhänge zur Seite und öffnete es. Vielleicht erkannte sie die Gegend. Wäre gut, wenigstens zu wissen, wo auf der Insel sie war. Sie war doch hoffentlich noch auf Wesum?

Weiche, warme Luft strömte ins Zimmer. Ellen sah sich um. Die Straße kam ihr nicht bekannt vor. Das Meer konnte sie nicht von hier auch nicht sehen, aber sie konnte es riechen. Das war ja schon mal ein gutes Zeichen.

Sie schloss die Augen und ließ das sanfte Sonnenlicht ihr Gesicht streicheln. Immer wieder sog sie die herrliche Luft tief ein und spürte die Lebensgeister zaghaft in sich erwachen. Winzige Bruchstücke der Erinnerung poppten zusammenhangslos vor ihrem inneren Auge auf. Sie hatte Susanne getroffen. Dann war da noch der „Partykeller" und da war auch dieser Nils wieder. Aber was war danach? Verdammt! Das konnte doch nicht wahr sein!

Zu anfänglicher Angst mischten sich Scham und Wut. Wut über sich selbst. Sie war fast fünfzig, meine Güte! Wie konnte sie sich nur betrinken wie ein Teenager! Zu allem Übel wohl auch noch vor genau dem Kerl, den sie als kindisch und unerfahren abgestempelt hatte. Tolle Leistung! Sehr souverän!

Dann sieh mal zu, wie du aus dieser Nummer elegant wieder herauskommst! - ermahnte sie sich.

Aber erstmal musste sie diesen ekelhaften, klebrigen Flaum in ihrem Mund loswerden. Sonst würde sie sich sicher auch noch übergeben müssen.

Wo waren denn eigentlich ihre Klamotten? Ach ja! Sie hatte diesen neuen Jumpsuit getragen. Oh je, den hatte sie bestimmt nicht allein ausbekommen…nicht drüber nachdenken! Alles eine Frage, wie man sich verkauft! Ellen nahm sich vor, trotz aller Ungewissheit würdevoll über allem zu stehen, oder zumindest so zu tun. Sie würde halt unauffällig Details über den gestrigen Abend aus dem jungen Mann herausbekommen, der sich …ihrer angenommen hatte. In welcher Form auch immer.

Sie wühlte in den umherliegenden Sachen nach ihrem Overall, fand aber nur einen fremden BH und dann ein gemütlich aussehendes Sweatshirt und beschloss, sich dieses einfach überzuziehen und später weiter zu suchen, um schnell irgendwas Flüssiges zu finden, mit dem sie diesen widerlichen Geschmack herunterspülen konnte.

Vorsichtig öffnete sie die Zimmertür. Die Dusche lief noch. Gut so! Dann konnte sie sich in Ruhe ein wenig umsehen. Schnell fand sie den Kühlschrank, riss ihn hastig auf und freute sich wahnsinnig über eine fast leere Colaflasche, die einsam darin herumstand. Der abgestandene Geschmack der Cola ließ zwar auch zu wünschen übrig, aber jetzt war wohl nicht die Zeit, Ansprüche zu stellen. Nachdem der erste Brand gelöscht war, sah sie sich um.

Sie befand sich in einer schönen hellen Wohnküche. Geräumig und gleichzeitig gemütlich. Es gab sowohl einen großen Esstisch, als auch eine Sofaecke. Auf dem Couchtisch standen leere und halbleere Bierflaschen. Auf einmal kam Ellen der Gedanke, dass es sich hier womöglich um eine WG handelte. Vielleicht wohnten hier noch mehr Leute. Sie sollte sich wohl besser schnell in das Zimmer zurückziehen, in dem sie aufgewacht war. Sie musste nicht auch noch von anderen hier gesehen werden. In diesem Aufzug!

„Nils? Ich mache Frühstück!", hörte sie da jemanden rufen, „oder hast du Besuch?"

Oh nein! Mist! Jetzt kommt einer in die Küche! Schnell schwang sich Ellen über die Sofalehne und kauerte sich auf der Sitzfläche zusammen. Sie konnte hören, wie die Kaffeemaschine in Gang gesetzt wurde. Geschirr klapperte. Schritte näherten sich dem Sofa. Ellen machte sich ganz klein.

Dann spürte sie, wie sich jemand über die Sofalehne zu ihr herüberbeugte.

„Ach! Guten Morgen!"

Scheiße! Auch das noch. Er hatte sie entdeckt. Ellen sah auf.

„Ellen?"

„Christoph? Was…äh, was machst du denn hier?"

„Ich? Was ICH hier mache? Wie …siehst du aus? Hast du…bist du…mit Nils?", rief Christoph fast hysterisch.

„Was? Äh…nein! Quatsch!"

Das konnte doch alles nur ein ganz, ganz böser Traum sein! Bitte, lieber Gott, lass mich aufwachen! Bitte!

„Das glaub ich nicht! Wie bist du drauf, Ellen? Dass du es so nötig hast!"

„Ähm, also Christoph…jetzt mach aber mal nen Punkt. Es ist ja gar nicht so, wie es aussieht…hoffe ich!"

„Das ist ja so widerlich!"

„Geht's noch?", jetzt packte Ellen langsam doch die Wut, „Meinst du ich bin zu alt für so einen jungen Kerl, oder was? Was ihr Männer euch rausnehmt, das können wir Frauen schon lange...!"

Christoph ließ sich fassungslos auf einen Sessel fallen.

„Aber mit Nils…"

„Mit wem auch immer! Außerdem kann ich ja nicht wissen, dass ihr euch kennt."

„Kennt", wiederholte Christoph und lachte übertrieben. „Nils ist mein Sohn!"

„Oh…"

Stille! Als hätte ihr Körper versucht, sie abzustoßen, gelang es den Worten erst nach einer gefühlten Ewigkeit in Ellen Gehirn vorzudringen, wo sie sich ganz langsam formatierten um zu einer Information zu werden, die Ellen irgendwie nicht verarbeiten konnte.

16

Beide schwiegen. Christoph starrte sie an. Vorwurfsvoll. Oder entsetzt? Vielleicht auch traurig? Ellen konnte dem Blick nicht standhalten, traute sich aber auch nicht, zu gehen. Hilflos und zutiefst beschämt zog sie den großen Pullover weiter über die Knie.

„Ach, Paps! Hi! Habt ihr euch schon bekannt gemacht? Glaub ihr nichts. Sie fantasiert ganz gerne!" Lachend kam Nils in die Küche und hüpfte fröhlich auf den Sessel gegenüber.

„Ja!", brummte Christoph nur leise.

Ellen spielte verlegen an ihren Fingern und wagte nicht, aufzusehen.

„Haallooo! Was ist los? Ist der Kaffee alle, oder was?"

„Nils,", sagte Christoph dann bestimmend, immer noch auf Ellen starrend, „Vielleicht gehst du besser mal raus."

„Hä? Was soll das denn jetzt?"

„Du sollst gehen, hab ich gesagt!", schrie Christoph plötzlich.

Ellen versuchte sich so tief wie möglich ins Sofa zu vergraben, als hoffte sie, darin verschwinden zu können.

„Geht's noch? Jetzt lass hier bloß nicht den Vater raushängen. Das ist immer noch meine Bude!"

„Nils, bitte…" Christoph versuchte, sich zusammen zu reißen.

„Vielleicht erklärt mir erst mal einer…"

„Hau ab jetzt! Du sollst gehen!" Christoph kämpfte wütend mit den Tränen.

Nils sah ihn schockiert an, blickte auf Ellen, die immer noch mit gesenktem Kopf dasaß, drehte sich stumm um und ging zur Tür hinaus. Schlüssel klimperten. Dann fiel die Haustür ins Schloss. Nils war gegangen.

Das Schweigen, das nun folgte, war bleiern. Es drückte die Köpfe zu Boden, machte Bewegungen unmöglich.
Ellen wollte was sagen. Irgendwas um die unerträgliche Situation zu zerschlagen. Sie fand keine Worte, wusste nicht, womit sie Christoph hätte versöhnen können. Sie konnte ihm nicht erklären, wie es so weit gekommen war. Sie wusste es ja selbst nicht.
Irgendwann stand Christoph am Fenster. Er drehte ihr den Rücken zu, stierte mit leerem Blick hinaus und fragte dann:
„Ist da was gelaufen?"
„Nein!", rief Ellen schnell. Heilfroh, dass endlich überhaupt irgendwas gesagt wurde. „Nein, natürlich nicht!"
„Was machst du dann hier, zum Geier?"
„Ich, äähm, …ok, ich weiß es nicht!"
Christoph sah sie fragend an.
Ellen lachte laut auf.
„Ich habe wirklich überhaupt keinen blassen Schimmer, wie ich hier gelandet bin."
„Zu komisch, Ellen! Dann willst du mir wohl auch erzählen, dass du nicht mehr weißt, ob da was mit Nils gelaufen ist."
„Christoph, ich bin verheiratet. Glücklich verheiratet. Ich hatte zu viel getrunken. Wir haben Nils auf der Vernissage

kennengelernt und irgendwann hat Louise mich wohl dann …vergessen oder hatte was Besseres vor… ich weiß es nicht! Ich glaube, ich stand völlig neben mir. Nils hat mir geholfen, wie's aussieht. Er wusste ja nicht, wo ich wohne. Wahrscheinlich hat er auch nicht viel aus mir heraus kriegen können… aber ich bin mir sicher, dass da nichts war! Ganz sicher! Ich war ja auch zu nichts mehr zu gebrauchen…peinlicherweise. Und außerdem tue ich sowas nicht! Und …ich könnte seine Mutter sein!"

„Hm.", machte Christoph nur.

Die Kaffeemaschine röchelte. Er sah auf, nahm zwei Tassen aus dem Schrank und füllte sie mit dem herrlich duftenden Getränk. Ellen entspannte sich ein wenig.

Christoph stellte den Kaffee vor ihr auf den Sofatisch und setzte sich in den Sessel gegenüber.

„Glücklich also?", fragte er leise.

„Was?"

„Du bist glücklich verheiratet?!"

„Ähh ja. Klar!"

„Na, so selbstverständlich ist das ja nicht."

Ellen pustete in die heiße Tasse und zuckte nur mit den Schultern.

Beide nippten still an ihrem Kaffee. Um bloß nicht wieder so eine fürchterliche Gesprächpause aufkommen zu lassen, fragte Ellen dann:

„Und du? Wie ist es bei dir gelaufen?"

„Tja, nicht so toll."

„Susanne erzählte mir, dass das mit deiner Frau gerade etwas…schwierig ist…"

Christoph lachte gespielt auf. „Schwierig. Das ist gut."

Er rührte gedankenverloren in seiner Tasse.

Ellen sah ihn erwartungsvoll an, doch er sagte nichts weiter.

Irgendwie mochte Ellen nicht nachbohren, obwohl es sie brennend interessierte. Innerlich hoffte sie, die Ehe sei zerbrochen. Aber warum hoffte sie das? Wie konnte sie so bösartige Gedanken haben? Sie hätte gar nichts davon, wenn Christophs Ehe gescheitert wäre. Außer der Genugtuung vielleicht…

„Wir haben uns getrennt.", sprach er plötzlich weiter, „Es war nie die große Liebe, weißt du?"

„Die große Liebe! Was ist das schon?", meinte Ellen.

„Das musst du doch wissen. Ich denke, du bist immer noch glücklich."

„Tja, das ist auch so´n Ding. Eine glückliche Beziehung. Nach zwanzig Jahren…wie definiert man da das Glück?"

„Wie meinst du das? Bist du nun glücklich oder nicht?"

„Also, wenn `glücklich´ heißt, dass man zufrieden ist, dass der Alltag läuft, gut läuft…ohne besondere Vorkommnisse, die einem irgendwie das Leben schwer machen…dann bin ich glücklich. Ja!"

„Bei allem Respekt…das klingt echt aufregend."

„Ehrlich gesagt, bin ich zurzeit völlig verwirrt. Ich denke, das ist so ein Midlife-Problem."

„Erzähl doch!"

„Ach, das würde Abende füllen. Das will ich dir nicht antun."

„Ich würde gerne Abende lang mit die reden. Vielleicht…hilfts dir ja weiter?"

Ellen stellte die Tasse ab und erhob sich schwerfällig vom Sofa.

„Im Moment würde mir wohl am meisten eine heiße Dusche weiterhelfen. Ich muss jetzt erst mal ins Hotel, muss mich mal sammeln und Louisa zusammenscheißen, weil sie mich in meinem Zustand allein gelassen hat und all sowas…"

„Ja, verstehe."

Auch Christoph stand auf. Schweigend standen sie sich gegenüber und sahen sich an. Erst jetzt fiel ihnen auf, in welch verwahrlost anmutendem Aufzug sie beide hier aufeinandergetroffen waren. Beide trugen lediglich Unterhosen an den (in Ellens Fall zum Glück rasierten) Beinen, beiden standen die Haare, die nicht irgendwo im Gesicht klebten, ungestüm vom Kopf ab. Beide waren barfuß. Christoph trug ein ausgeleiertes Unterhemd und Ellen diesen viel zu großen Pullover, der ihr nicht gehörte. Außerdem hing ihr die Mascara, die gestern noch ihren Blick erweitern sollte, jetzt unschön unter den neu gewonnenen Tränensäcken.

Nachdem sie sich ausgiebig gemustert hatten, mussten beide lachen.

„Ich würde dich gern wiedersehen.", sagte Christoph, „Wie lange bist du noch da?"

„Nur bis morgen."

„Dann treffen wir uns heute Abend?"

„Ich…ich weiß es nicht. Ich kann nicht denken."

Während sie sich auf den Weg machte, um in Nils´ Zimmer nach ihren Sachen zu suchen, eilte Christoph in die Küche und kritzelte etwas auf einen Zettel.

„Ellen!", rief er hinter ihr her.

Sie trat zurück in den Flur und sah ihn fragend an.

„Hier ist meine Nummer. Bitte ruf mich später an. Bitte!"

Sie nahm den Zettel und drehte wieder ab in das Zimmer, in dem sie aufgewacht war.

Irgendwann hatte sie endlich ihren Overall wiedergefunden und sich umständlich hereingearbeitet. Sie entdeckte auch ihre Schuhe unter einem Stuhl, musste aber schmerzhaft feststellen, dass ihre Füße doch sehr unter ihnen gelitten hatten und nicht bereit waren, Ellen auch nur einen Schritt darin zu tragen. Also klemmte sie sich die Schuhe unter den Arm und überlegte, ob sie noch etwas dabeigehabt hatte. Da sie sich an keine Tasche erinnern konnte, gab sie die Suche auf und lief zum Flur hinaus.

Hier wartete Christoph, lässig an die Küchentür gelehnt.

„…Und mit Nils…da bist du ganz sicher?"

Ellen nickte heftig.

„Ich…könnte das nicht ertragen, verstehst du, Ellen?"

Wieder nickte sie und lief dann schnell zur Wohnungstür hinaus.

17

Louise war in ihrem Hotelzimmer aufgewacht. Auch ihr hämmerte leicht der Schädel. Sie schob noch liegend die Schlafmaske an die Stirn und starrte an die Decke.

Nur langsam zeigten sich nach und nach einige Bilder vom gestrigen Abend in ihrem Gedächtnis.

Sie erinnerte sich an Jonas, den Künstler. Unglaublich sexy.

Wie hatte sie sich ihm an den Hals geworfen.

Louise verzog angewidert das Gesicht. Sie hatte sich nicht mehr unter Kontrolle gehabt. Er hatte sie übelst abblitzen lassen…oh nein…wie erbärmlich…Louise zog sich die Maske wieder über die Augen. So lag sie eine Weile da.

Irgendwo ertönte leise Musik.

War das ein Handy? Wo kam das her?

Ach, richtig! Sie hatte ja noch Ellens Smarthone in der Tasche. Louise ließ es einfach klingeln. Bestimmt rief Holger wieder an. Zum zig-sten Male. Schön musste das sein, wenn ein Ehemann sich um seine Frau sorgt. Martin hatte nicht ein einziges Mal angerufen. Wahrscheinlich verschwendete er nicht den kleinsten Gedanken an Louise. Und das, obwohl sie ihm diese Wahnsinns-Szene gemacht hatte. Danach war sie einfach weggefahren, ohne ihm zu sagen, wohin. Sie hatte sich extra nicht bei ihrer Mutter gemeldet, damit er nicht gleich wusste, dass sie auf der Insel war. Hier würde er sie nämlich bestimmt zuerst vermuten. Wenn er sie denn suchen würde. Aber scheinbar suchte er sie nicht.

Es interessierte ihn nicht mehr.

Louise setzte sich auf. Sie nahm die Schlafmaske ab. Unglaublich-dachte sie über sich selbst- dass sie niemals vergessen würde, dieses Ding über die Augen zu ziehen, egal, wie fertig sie war.

Noch unglaublicher war, dass ihr Siegelbild trotzdem diese widerlichen Tränensäcke zeigte. Und diese fahle, knitterige Haut. Eine alte, nutzlose Frau!

Hasserfüllt starrte sie in ihr gezeichnetes Gesicht. Es erzählte von einem anstrengenden Leben. Davon, dass es immer bemalt und maskiert wurde. Tiefe Falten versuchten einen ernsten, verbitterten Ausdruck zu schaffen, der Gefühle verraten würde, die Louise nicht bereit war zu zeigen.

Erst als eine Träne platschend auf ihren nackten Oberschenkel fiel, löste sie den Blick, lief ins Bad, drehte schnell den Wasserhahn auf und warf sich das kalte Nass ins Gesicht. Immer wieder, bis sie das Gefühl hatte, ihre Miene betäubt zu haben. Sie drehte mit zittrigen Händen das Wasser ab. Sie atmete flach, bekam schlecht Luft. Der ganze Körper begann nervös zu beben. Panisch wühlte sie in ihrer Kulturtasche, fand ein Döschen, schüttete sich 2-3 Tabletten in die Hand und warf sie hastig in den Mund. Schnell spülte sie mit Wasser nach und warf sich wieder aufs Bett.

So lag sie eine Weile da.

Die Atmung normalisierte sich, der Körper wurde ruhig.

Irgendwann stand sie auf, setzte sich vor den Spiegel und begann stoisch Make-up aufzulegen. Schicht für Schicht. Mit jedem Pinselstrich fühlte sie sich besser. Sie spürte, wie ihre Kräfte zurückkamen. Viel Zeit verging bei diesem Akt der äußerlichen Verwandlung, der eine innerliche nach sich zog.

Mit jeder Minute wurde sie gefasster, stärker, unantastbar.

Zufrieden betrachtete sie dann das Ergebnis.

–Die perfekte Louise- alles war wieder gut.

„So, jetzt werden wir mal das arme Würstchen von nebenan aus dem Bett schmeißen. Sie wird ein gutes Frühstück brauchen.", dachte sie laut, ging zur Tür hinaus und klopfte am Zimmer nebenan.

Keine Antwort. Natürlich nicht. Ellen war fürchterlich betrunken gewesen.

Sie klopfte lauter.

„Ellen!", rief sie. „Ellen! Wach auf!"

Wieder nichts. Sie wird doch hoffentlich gut hergekommen sein?

„Ellen!" Louise klopfte laut. Gegenüber öffnete jemand die Tür und sah sie böse an, bevor er die Tür wieder zuknallte.

„Hallo! Ellen!" Louise wurde etwas leiser.

Es blieb still. Planlos stand Louise im Flur.

Ihr Blick fiel auf den Wagen mit Putzmitteln, der ein paar Zimmer weiter vor einer geöffneten Zimmertür stand. Da kann doch die Dame vom House-keeping auch nicht weit sein dachte sie. (Mit leichter Ironie, weil Martin sie stets belehrte, dass es ein Zeichen von Respekt sei, nicht `Putzfrau´ zu sagen.)

Sie klopfte an die geöffnete Tür.

„Entschuldigung?", fragte sie freundlich. „Ich mache mir etwas Sorgen um meine Freundin. Sie war gestern…sehr lange unterwegs und antwortet jetzt nicht auf mein Klopfen. Wäre es möglich, dass sie in dem Zimmer einmal nachsehen, ob es ihr gut geht?"

Die Dame sah sie prüfend an und meinte dann: „Ich schau mal."

Sie lief zu Ellen Zimmer, klopfte an die Tür und rief:

„ House-Keeping!"

Louise musste grinsen. Niemand antwortete. Darauf schloss die Dame das Zimmer auf, steckte den Kopf durch die Tür und sagte dann zu Louise: „Keiner da!"

„Was?"

„Keiner da!"

„Wie, keiner da. Wo ist sie denn?"

„Keine Ahnung!"

„Vielleicht ist sie schon beim Frühstück!"

„Vielleicht. Aber dann hat sie nicht geschlafen. Das Bett ist unberührt. Und ich habe es heute noch nicht gemacht!"

Damit zog die Dame die Tür wieder zu und ließ Louise fragend zurück.

„Na sieh mal einer an!", dachte sie dann. „Da hat sich die beste aller Ehefrauen doch nicht etwa woanders vergnügt?"

Zufriedenheit machte sich auf ihrem Gesicht breit.

Auf dem Weg zum Frühstücksraum keimte irgendwo ganz tief in ihr der Hauch eines schlechten Gewissens auf. Was, wenn Ellen nun wirklich fremdgegangen war? Wenn sie ihre Ehe riskiert oder sogar ruiniert hatte, nur, weil Louise ihr eingeredet hatte, Holger hätte was mit seiner Aushilfe? Das hatte sie doch einfach an den Haaren herbeigezogen. Dass ausgerechnet diese Göre dann auch noch am Telefon war, als Ellen ihn anrufen wollte, hatte ihr einfach herrlich in die Karten gespielt.

Ach, aber eigentlich könnte es ja auch wirklich mal passieren - rechtfertigte Louise sich vor sich selber - schließlich lässt sich Ellen wirklich gehen. Ich habe sie nur gewarnt. Das tut man doch als Freundin.

- du weißt ganz genau, dass das kein Akt der Nächstenliebe war - meldete sich ihr Gewissen zurück.

- Kann ja keiner ahnen, dass sie sich gleich dem Nächstbesten in die Arme wirft. Dann stimmt wohl tatsächlich was nicht mit ihrer Ehe.

Das war ein guter Gedanke. Damit beruhigte sie ihr Gewissen, holte sich einen Cappuccino und wartete genüsslich auf das, was dieser gestrige Abend noch alles so nach sich ziehen würde.

18

Nur kurze Zeit später erschien Ellen im Speisesaal. Die Haare noch immer zerzaust, der schicke neue Overall von gestern Abend fleckig und zerknittert, die Schuhe unter dem Arm.

Louise entdeckte sie gleich, als sie zur Tür hereinkam und konnte sich ein Grinsen nicht verkneifen. Sie winkte ihr zu, worauf Ellen im Stechschritt auf sie zu lief.

„Sag mal, geht´s noch, Lou?"

„Guten Morgen, meine Liebe. Du siehst ja nicht ganz so frisch aus!" Mit verschmitztem Lächeln rührte sie entspannt in ihrem Kaffee.

„Wie kannst du mich einfach alleine lassen…in dem Zustand."

„Ich weiß nicht, was du meinst. Du hast dich doch scheinbar bestens amüsiert?! Oder sehe ich das falsch?"

„Allerdings! Ich hätte doch Gott-weiß-wo unter die Räder kommen können. Da hätte doch Gott-weiß-was passieren können…wie konntest du einfach…das macht man doch nicht."

„Jetzt setzt dich erst Mal!", befahl Louise. „Erstens hatte ich ja auch getrunken und war selbst…beschäftigt. Zweitens bist du wohl alt genug, denke ich, dass man dich allein laufen lassen kann. Außerdem musst du selbst wissen, was du mit wem tust. Da mische ich mich nicht ein."

Ellen schmiss die Schuhe unter den Tisch und warf sich auf den Stuhl den Louise ihr gedeutet hatte. Sie schloss die Augen und massierte mit beiden Händen ihre schmerzenden Schläfen.

„Also raus mit der Sprache!", forderte Louise dann ungeduldig. „Wie war deine Nacht, wo bist du gewesen?" Ellen warf Louise einen bitterbösen Blick zu. Sie stand auf und holte sich einen Kaffee. Damit kam sie zurück und setzte sich wortlos wieder an den Tisch.

„Wo warst du denn jetzt?", fragte Louise noch einmal.

„Dieser Nils hat mich mitgenommen und bei sich schlafen lassen."

„Bei…sich?", fragte Louise mit großen Augen vorsichtig.

„Ja, natürlich! Nur ´bei´ sich. Es ist nichts passiert. Was denkst du denn?"

„Naja, wer weiß, wenn Holger neuerdings auch auf Freiersfüßen unterwegs ist…"

„Das ist völliger Schwachsinn! Ich will jetzt sofort mein Handy wiederhaben. Mir das einfach so wegzunehmen! Also ehrlich! Ich bin doch kein Kind mehr! Und schon gar nicht deins! Gib´s mir sofort zurück!"

„Ist ja gut! Meine Güte! Ich wollte dir nur helfen. Es ist in meinem Zimmer. Ich gebe es dir nach dem Frühstück, ok?" Sie verdrehte genervt die Augen und biss gelassen in ein Brötchen.

Es konnte doch nicht sein, dass da nichts gelaufen war. Irgendwie musste sie doch aus Ellen etwas rauskriegen. Diese stand noch einmal auf, um sich ein Brötchen zu holen. Als sie zurück war stocherte Louise:

„Du willst mir also weismachen, dass dich dieser junge Adonis völlig kalt gelassen hat?"

Ellen belegte weiter ihr Brötchen und sagte gar nichts.

„Hey, ich könnte total verstehen, wenn da was gelaufen wäre. Jeder könnte das. Wäre auch nicht schlimm. Ich selber konnte den hübschen Jonas auch nicht abwimmeln, wenn du verstehst… wir sitzen im gleichen Boot. Du kannst es mir ruhig sagen. Niemand erfährt ein Sterbenswort."

Ellen sah sie schockiert an. „Louise! Ich fasse es nicht! Du hast echt mit diesem Sunnyboy…was ist denn mit Martin? Ist dir das egal?"

„Es ist eben sehr schwer, solchen Angeboten zu widerstehen. Du weißt ja, wovon ich rede…"

„Nein, verdammt! Das weiß ich nicht! Ich fange doch nichts mit solchen Kindern an. Außerdem bin ich verheiratet. Glücklich!"

Louise zog abwertend die Augenbrauen hoch.

„Das hörte sich aber doch gestern noch ganz anders an?! Ich denke dein Mann flirtet mit seiner Aushilfe und tritt sie mit Füßen eure große Liebe!"

„Du weißt doch überhaupt nicht, was Liebe ist, Louise!", fauchte Ellen.

Dann war Ruhe.

Louise rührte in ihrem Kaffee. Ellen sammelte Krümel vom Teller und sagte dann:

„Und ich will, dass du mir jetzt sofort mein Handy holst. Holger soll mich von der Fähre abholen. Ich muss nachhause! Das hält ja keiner aus hier."

Louise starrte sie an.

„Jetzt geh schon!", sagte Ellen. „Bitte!"

Louise legte genervt das Besteck auf den halbvollen Teller und lief hinaus.

Ellen kaute lustlos an ihrem Brötchen.

Was war nur mit ihr los? Sie war so furchtbar durcheinander. Krampfhaft versuchte sie die Situation objektiv zu betrachten: War ihre Ehe in Gefahr? Obwohl Louise immer wieder diese Andeutungen machte und auch wenn Helene an Holgers Handy gewesen war, sie hatte das Gefühl, dass alles in Ordnung war. Warum hatte es sie dann gestern so geschockt? Dass Louise sie dermaßen verunsichern konnte, lag bestimmt am Sekt. Oder war es vielleicht die Tatsache, dass sie mit sich selbst gerade gar nicht klarkam? Wenn sie selbst für sich keine Achtung mehr empfinden konnte, wie sollte es dann Holger tun? Oder vielleicht war es sogar schon so weit, dass sie glauben WOLLTE, Holger hätte eine Affäre, um einmal richtig zu leiden. Alles war besser als diese Eintönigkeit. Die Langeweile in ihrem Ehealltag nagte so sehr an ihr. Sie fraß sie innerlich auf. Wenn sie kein Glück mehr empfinden konnte, rettete sie vielleicht tiefe Trauer. Darum hatte ihr Gehirn die Geschichte aufgebauscht. Damit sie leiden konnte, fühlen konnte. Damit sie spüren konnte, dass sie lebte. Reiner Selbsterhaltungstrieb.

Heute Morgen sah sie die Sache etwas nüchterner. Bevor sie eine riesige Ehekrise vom Zaun brach, wollte sie erst sicher sein, wie es um Holgers Treue stand. Ihr war bewusst, dass die Wahrscheinlichkeit nicht gerade klein war, dass ihr Mann eine Affäre hatte. Und es war auch bei weitem nicht leicht, die immer wieder aufflammende

Panik davor zu unterdrücken. Aber in diesem Falle war es wohl von Vorteil, dass ihre Leidenschaft verkümmert und kontrollierter Sachlichkeit gewichen war. So konnte sie trotz allem Ruhe bewahren.

Allerdings war da noch ein kleines bisschen Angst, dass mit Nils vielleicht doch etwas gelaufen war. Konnte ja sein, dass sie zwar nicht im Stande gewesen war, er die Situation aber schamlos ausgenutzt hatte...

Ellen musste sich schütteln. Nein! So einer war Nils nicht. Immerhin war er Christophs Sohn...

Verrückt! Ellen musste lachen und vergrub ihr Gesicht in ihren Händen. Sie rieb sich fest die Augen und das ganze Gesicht, als hoffte sie, anschließend klarer sehen zu können.

Sie musste auch mit Nils noch mal sprechen. Das wurde ihr klar. Dieser Zweifel musste wenigstens aus der Welt geschafft werden. Wenn Louise mit dem Handy zurückkam, würde sie erst Holger und dann Christoph anrufen, um mit Nils reden zu können. Christoph hatte ihr ja seine Nummer notiert. Das durfte alles schnell erledigt sein. Dann war sie bald wieder zuhause...

19

Währenddessen stieg Louise in den Fahrstuhl.

„Was starrst du mich so an?", sagte sie zu ihrem dunkelgetönten Spiegelbild.

„Du glaubst ihr doch nicht etwa, dass sie mal wieder ganz artig war? Dass sie sich wie immer korrekt verhalten hat?" Sie sah sich an.

„Diesmal nicht!", meinte sie dann. „Sie ist natürlich rein optisch jetzt nicht mehr der Knaller, aber so junge Männer stoßen doch nichts von der Bettkante…"
Sie trat näher an den Spiegel und zog mit dem Finger ihre Augenbrauen gerade.

„Auch, wenn sie nichts zugibt, ihre erbärmliche Ehe ist auch nicht mehr zu retten."
Ein Gong ertönte und die Fahrstuhltüren öffneten sich.

Als sie die Zimmertür aufschloss hörte sie bereits wieder Ellens Handy klingeln. Schnell fand sie es in ihrer Tasche und nahm den Anruf entgegen.

„Hallo?", fragte sie.

„Hallo? Ellen? Na endlich! Warum gehst du nicht ran?"
Holger war am anderen Ende. Wie erwartet.

„Ich bin´s Louise."

„Ach, hallo Louise. Kannst du mir bitte Ellen geben?"

„Das, äh, geht leider nicht. Sie ist gerade nicht da."

„Wo ist sie denn, zum Geier? Ich versuche schon seit gestern Nachmittag sie zu erreichen. Es geht euch doch gut?"

„Ähm ja, also, ich denke schon!", stammelte Louise auffällig.

„Wie, ich denke schon?! Wo ist Ellen denn?"

„Ach Holger, ich wollte es dir eigentlich ersparen, aber ich mache mir ja selber so große Sorgen.", log Louise.

„Was? Warum? Was ist denn los?"

„Ist zwischen euch alles ok?"

„Louise! Was soll das denn jetzt? Erzähl mir bitte, was los ist!", flehte Holger.

„Na gut!", meinte Louise mit weinerlicher Stimme. „Ellen war irgendwie sehr komisch, als wir hergefahren sind. Ich bin mir nicht sicher, ob sie noch glücklich ist in eurer Ehe, Holger."

Holger schwieg.

„Dann hat sie diesen netten jungen Mann getroffen. Sie haben sich sehr gut verstanden…"

„Wo ist Ellen, Louise?", rief Holger wütend.

„Sie ist gestern Abend mit ihm nachhause gegangen und noch nicht wieder aufgetaucht.", sagte sie schnell. „Jetzt weißt du´s. Es tut mir leid!"

„Das glaub´ ich nicht!"

„Ich kann es auch nicht fassen. Ich wollte sie davon abhalten, das kannst du mir glauben. Aber sie meinte, sie könne dir auch nicht mehr trauen. Als sie dich anrufen wollte, war wohl deine Sprechstundenhilfe dran, oder so."

„Schwachsinn!", brüllte Holger.

Das Telefon machte einen lauten Piepton. Dann war es aus. Der Akku war leer.

Auch gut! - dachte Louise und machte sich auf den Weg zurück zum Frühstücksraum.

20

„Hier! Bitte schön!", sagte Louise abfällig und legte Ellen das Handy unsanft auf den Tisch.

Die nahm es auf und versuchte gleich, es anzustellen.

„Das ist ja leer! Super!"

„Ja, sorry! Aber eben hat Holger noch angerufen. Er hat scheinbar mehrfach versucht, dich zu erreichen, darum bin ich drangegangen. Ich konnte ihm gerade noch sagen, dass alles ok ist und du dich später zurückmeldest."

„Hm!", machte Ellen genervt. „Also, was ist jetzt? Kommst du mit nachhause? Sollte ich meinen Mann endlich irgendwann einmal wieder sprechen, werde ich ihn bitten, mich am Hafen abzuholen. Lass uns packen!"

„Auf keinen Fall! Wir haben doch bis morgen bezahlt!"

„Mach was du willst. Ich muss unbedingt duschen und endlich aus diesem Fummel raus und dann will ich so schnell es geht nachhause!"

„Wie du meinst. Ich werde jetzt erst mal den hoteleigenen Spa-Bereich ausprobierten. Vielleicht sehen wir uns anschließend noch."

Damit war Louise verschwunden.

Ellen blieb verwirrt und unentschlossen zurück.

Das Bedürfnis, direkt das Handy anzuschließen, um gleich mit Holger den Heimweg klarzumachen, war erstaunlich klein. Was würde sie daheim erwarten? Dieselbe Langeweile wie immer? Oder vielleicht doch ein riesiger Ehekrach, wenn Holger keine handfeste Erklärung haben sollte, warum Helene an seinem Telefon war? Und, was wäre schlimmer? Langeweile oder Ehekrach?

Hier auf der Insel fühlte sie sich wohl. Irgendwie sicher. Als stünde die Zeit einfach still. Solange sie hier war, so kam es ihr vor, hielt der Lauf des Lebens an. Hier spielte ein anderer, unabhängiger Film. Es fühlte sich an, wie die bunte, heile Welt einer Werbeunterbrechung in einem langweiligen Drama.

Draußen vor dem Fenster trugen gut gelaunte Leute prallgefüllte Taschen, Schirme und Matratzen zum Strand. Die Sonne schien wieder herrlich.

Sie würde noch einmal runter zum Wasser gehen. Am Ortsrand war die kleine, meist nicht so gut besuchte Steinbucht, an der sie schon früher gern gesessen hatte. Wenn es ihr irgendwo möglich war, klare Gedanken zu fassen, dann dort.

Sie lief auf ihr Zimmer und wechselte den stinkenden Jumpsuit in Bikini, T-Shirt und knielange Shorts. Vielleicht sollte sie doch ihre Garderobe einmal überdenken. Obwohl sie jetzt im Gesicht aussah, wie eine schlechte Kopie von Alice Cooper, hatte ihr die neue, grüne Partyklamotte ein Gefühl von Glamour gegeben, das sie nun wieder gegen Eintönigkeit eintauschte.

Schnell noch das Handy ans Kabel gesteckt, ein Handtuch geschnappt und raus an die frische Luft. Louise hatte eben noch mit Holger gesprochen. Es würde also reichen, wenn sie sich später bei ihm meldete. Dann würde sie auch wissen, ob sie abreisen wollte und ob sie die Helene-Geschichte so dramatisch einschätzen würde, deshalb eine Ehekrise zu provozieren.

Die automatische Tür am Hoteleingang öffnete sich lautlos.

Sofort liebkosten weiche Sonnenstrahlen vorsichtig Ellens strapazierten Körper. Tief sog sie die lauwarme, salzige Brise ein. Der Katerkopfschmerz wollte noch nicht ganz weichen, schien aber durch die Wirkung der sonnigen Atmosphäre stark eingeschüchtert.

Ellen versuchte gleich, den Fokus wieder auf ihre Probleme zu richten. Sie musste doch herausfinden, wer sie war und wo sie hinwollte.

Ihre Gedanken schweiften immer wieder ab. Zu Christoph.

Das war schon ein irrer Zufall, dass sie ihn jetzt wiedertraf. Nach all der Zeit genau in ihrer tiefsten, persönlichen Krise.

Es erschien ihr wie ein Zeichen. Ein Hinweis darauf, dass es nicht nur einen einzigen richtigen Weg im Leben gibt. Schließlich hatte sie lange geglaubt, nur mit Christoph glücklich werden zu können. Dann hatte sie Holger getroffen und viele Jahre ein - das musste sie fairerweise sagen - gutes, erfülltes Leben geführt. So gut, dass sie Christoph darüber fast vergessen hatte. Jetzt aber fühlte sich ihre Ehe an wie ausgelutscht. Als wäre alle Liebe, aller Sinn aufgebraucht.

Sie hatte Kinder großgezogen und ihrem Mann zur Seite gestanden, egal wie steinig sein Weg war. So hatte er immer volle Rückendeckung um sich vor allem auch beruflich gut zu etablieren.

Warum sollte jetzt nicht sie selbst mal wieder dran sein? Womöglich war genau jetzt die Zeit für etwas Neues! Vielleicht sogar etwas Neues mit der alten Liebe?

Dieser Gedanke gefiel ihr sehr gut!

Aber, so aufregend und verlockend das alles klang, konnte sie das wirklich?

Würde sie Holger verlassen können?

Na ja, womöglich war es gar nicht an ihr, das zu entscheiden. Schließlich schwelte da immer noch die Möglichkeit, dass Holger sich längst selbst gegen die Ehe entschieden hatte.

Würde sie das treffen? Dieser Gedanke ließ sie relativ emotionslos.

Und die Kinder? Was würden sie sagen? Das Schlimmste wäre, die Kinder zu verletzen. Das könnte Ellen niemals übers Herz bringen.

Aber waren es denn überhaupt noch Kinder? Sie führten bereits seit längerem ihr eigenes Leben.

Der beste Zeitpunkt, das Leben zu ändern war wohl jetzt. Genau jetzt waren die Kinder aus dem Haus und Ellen noch jung genug für einen Neuanfang.

Plötzlich schüttelte Ellen heftig den Kopf. Was spann sie sich denn da nur zusammen?

Sie hatte Christoph gerade erst wieder getroffen und machte schon große Pläne.

Sie hatte schon immer etwas zu viel Fantasie gehabt und die ging manchmal mit ihr durch. Vielleicht wurde sie auch verrückt vor Langeweile?

„Manchmal muss man auch einfach laufen lassen!", ermunterte sie sich schließlich selbst das Gedanken-Wirrwarr beiseitezuschieben. Sie schlenderte entspannt die Straße herunter, hielt vor dem ein oder anderen Schaufenster und genoss das wuselige Treiben rundherum. Irgendwann kam sie an Susannes Laden vorbei und sah ihre alte Freundin hinter einer Theke in einer Akte blättern. Kurzentschlossen lief sie hinein.

„Guten Morgen!", rief sie, begleitet von dem Gebimmel der Ladentür.

Susanne schaute auf.

„Ellen! Guten Morgen! Schön, dass du mich besuchst. Wart ihr noch lange unterwegs gestern?"

„Hör bloß auf! Das war ein Höllentrip und mir geht's auch echt noch nicht gut."

„Dann setz dich erstmal. Ich mache dir einen guten, starken Kaffee."

Ellen nahm Platz und sah sich in Susannes Boutique um.

Der Laden war sehr gemütlich. Die Möbel standen auf warmem Eichenparkett, die Wände waren in leicht ockergetöntem Weiß gestrichen, welches zudem noch sanft beleuchtet wurde. Zusammen mit der entspannenden Hintergrundmusik wirkte alles sehr behaglich. Neben gut ausgesuchter und hochwertiger Kleidung gab es auch viel `Tüdelkram´, wie man hier oben sagte. Viele bunte Kleinigkeiten luden zum Stöbern ein.

„Ein sehr schönes Geschäft hast du hier!", stellte Ellen fest.

„Danke schön! Ich muss sagen, ich mache das hier inzwischen auch echt gerne."

„Inzwischen? War das nicht immer so?"

„Nein, gar nicht! Ich wollte oft auch weg von der Insel. Den Laden hatte ich schon sehr früh übernommen, gleich nach der Ausbildung. Irgendwann war mir das plötzlich zu langweilig. Alle Bekannten waren weg, studierten irgendwo oder feierten sonst ein wildes Leben auf dem Festland. Du schließlich auch!"

Ellen lachte.

„Da hast du aber eine sehr idealisierte Vorstellung vom Leben jenseits der Insel."

„Das mag sein…", antwortete Susanne und verschwand kurz hinter der Kasse, um einen Kunden abzuhalten.

Zwei weitere Damen traten ein. Nachdem sie Susannes angebotene Hilfe ablehnten, kehrte diese zu Ellen zurück.

„Aber die Männerauswahl wäre wohl an Land um einiges größer gewesen."

„Vielleicht!", meinte Ellen. „Hat es nie einen Mann gegeben, mit dem du dir vorstellen konntest, zusammenzuleben?"

„Hm…", machte Susanne. Sie stellte zwei Tassen Kaffee auf den kleinen Bistrotisch und setzte sich Ellen gegenüber.

„Doch, hier und da habe ich auch mal eine Romanze und, ich würde sagen, es waren auch schon zwei ernsthafte Beziehungen dabei. Aber eben nichts für die Ewigkeit. Ich glaube halt auch nicht an die große Liebe."

„Dann lebst du also nach dem `Lebensabschnittspartner-Modell´?"

„Wenn man das so nennen will…"

„Darum bist du auch nicht so sehr gealtert.", stellte Ellen fest.

„Wie bitte?"

„Das meine ich ganz ehrlich. Du versprühst immer noch so eine Energie, finde ich. Aber das ist ja auch logisch! Wenn man immer alles selbst machen muss, Haushalt und Kohle ranschaffen und ums Haus kümmern und was weiß ich, und wenn man quasi ständig auf dem Markt ist, dann kann man sich auch nicht gehen lassen."

„Hast du dich denn gehen lassen?", fragte Susanne, sprang dann aber sofort auf, weil eine der Kundinnen an der Kasse stand.

Ellen zuckte die Schultern und sagte nur noch zu sich selbst: „Wenn man Louise fragt…"

Die Tür ging wieder bimmelnd auf und ein sympathischer Mann stürmte herein. Er lief direkt auf Susanne zu, erzählte kurz irgendetwas und beide lachten. Dann drehte er wieder ab und verließ den Laden genauso schnell, wie er gekommen war.

„Oha, wer war das denn?", fragte Ellen gleich, als Susanne zurück war.

Sie winkte verlegen ab. „Mein Kollege aus dem Nachbarladen. Hat nur Post rübergebracht, die der Briefträger mal wieder falsch eingeworfen hat. Leicht verpeilt, der Gute."

„Mann, Mann, Möglichkeiten ohne Ende!", stellte Ellen zwinkernd fest. „Aber echt, das ist doch herrlich! Du führst ein Leben wie vor zwanzig Jahren. Du bist dein eigener Herr. Du kannst tun und lassen was du willst, bist nur für dich selbst verantwortlich. Du kannst dich jederzeit in aufregende Romanzen stürzen. Ich wette, du erlebst noch Gefühle, an die wir verheirateten Hausfrauen gar nicht mehr denken."

Ellen war wirklich fasziniert, wie sehr sich Susanne ihre Freiheit und Jugend erhalten hatte. Vielleicht war da sogar ein bisschen Neid.

„Die Sache hat nur einen Haken!", sagte Susanne nachdenklich.

Ellen zog erwartungsvoll die Augenbrauen hoch.

„Ich habe keine Kinder!"

„Du hast Recht!", sagte Ellen. „Auch, wenn ich im Moment das Gefühl habe, dass ich einiges in meinem Leben besser anders gemacht hätte, meine Kinder würde ich nie wieder hergeben."

„Siehst du, das ist ein Gefühl, das ich wohl nie erleben werde. Jeder hat sein Päckchen zu tragen. Und ich muss Louise da leider Recht geben: wenn du was ändern willst, geh los und tu´s halt. Es ist nie zu spät!"

„Vielleicht…"

„Ganz bestimmt! Wer sagt denn, dass man sich einmal für immer entscheiden muss? Das Leben hat tausend Facetten. Wenn du meinst, das Eheleben füllt dich nicht aus, ändere es. Erwarte nicht, dass das jemand für dich macht! Dafür bist nur du verantwortlich! Du kannst dir einen Job suchen, vielleicht auch ein Ehrenamt. Es gibt so viele Möglichkeiten. Oder du kannst versuchen, deine Ehe aufregender zu gestalten. Du kannst sie natürlich auch beenden und ganz neu anfangen."

Die Tür bimmelte jetzt häufiger. Ellen trank die Tasse leer und bedankte sich bei Susanne. Die kippte den Rest ihres Kaffes in die kleine Spüle hinter dem Vorhang und stellte sich an ihre Kasse.

Erst als Ellen aufstand, um Susanne sich von Susanne zu verabschieden, bemerkte sie den kleinen Hund, der schlummernd in einem Körbchen neben dem Tisch lag.

„Mein Kinderersatz!", erklärte Susanne.

Ellen lächelte sie verständnisvoll an und verließ den Laden.

21

Die Sonne stand schon recht hoch, als sie ihre Route Richtung Strand fortsetzte. Nach dem Gespräch mit Susanne ging es ihr schon viel besser. Sie hatte verstanden, dass ihr Weg bis hierhin keineswegs falsch war. Im Gegenteil. Er hatte sie um so viel reicher gemacht, als manch andere Frau war, allein durch ihre Kinder. Dieser Schatz war für immer ihrer, was auch immer noch kommen wolle.

Und wenn sie jetzt an einem Punkt war, der sie frustrierte, war es an ihr, das zu ändern.

Womöglich steckte tatsächlich viel mehr in ihr als sie dachte. Vielleicht war das bis hierher nur ein kleiner Teil vom großen Ganzen und es würde noch viel mehr hinterherkommen.

Vielleicht hatte sie ihr Potential noch längst nicht ausgeschöpft.

Vielleicht steckte viel mehr in ihr als sie dachte.

Vielleicht war sie jemand ganz anders als die, für die sie sich bisher gehalten hatte.

Natürlich! Auch, wenn es gerade nicht so offensichtlich war, war Ellen eine moderne Frau. Wie gemacht für das `Lebensabschnittspartner-Modell´. Und tatsächlich konnte sie sich auf einmal gut vorstellen, dass Christoph derjenige sein könnte, mit dem sie den kommenden Lebensabschnitt verbringen sollte…

Kurz bevor sie die lebhafte Straße verlassen würde, um in Richtung ihrer Bucht zu laufen, reihte sie sich noch in die Warteschlange vor der neueröffneten Eisdiele.

Es ging nur langsam voran. Die frischgebackenen Eisverkäufer waren wohl auf diesen Ansturm nicht vorbereitet. Aber Ellen machte das nichts aus. Im Gegenteil. Sie wusste gerade sowieso nicht wirklich etwas mit sich anzufangen. Da kam ihr dieses sinnvolle Rumgestehe gerade recht.

„Ich weiß nicht, ob das das das richtige Katerfrühstück ist?", hörte Ellen jemanden sagen, gerade, als der nette, ältere Herr hinter der Theke ihr das Eis überreichte.

„Christoph! Hallo! Das ist ja ein Zufall!", sagte Ellen.

„Bist du sicher, dass du das schaffst?", fragte Christoph und deutete auf ihre ´Riesentüte´ mit vier Kugeln Vanilleeis und Schokostreuseln.

„Nicht wirklich!", lachte Ellen. „Aber mir war halt einfach danach!"

In dem Moment kam Nils aus dem Eisenwarenladen nebenan.

„Hi!", sagte er kurz aber freundlich.

„Hi!", sagte auch Ellen, die sich in seiner Gegenwart leicht unbehaglich fühlte.

„Was hast du so vor?", fragte Christoph.

„Ach, ich bummele ein bisschen rum bis runter zur Steinbucht. Da ist es etwas ruhiger. Und ihr?"

„Nils und ich, wir sind auf dem Weg zur Surfschule. Er möchte nächste Woche eröffnen, um das Sommergeschäft mitzunehmen."

„Ach ja, richtig! Die Surfschule. Du hast sie gekauft, erzählte dein Künstlerfreund auf der Ausstellung."

„Genau.", meinte Nils. „Paps hilft mir beim Umbau."

„Ach so! Darum wohnst du bei deinem Sohn, Christoph. Ich hatte mich schon etwas über diese Konstellation gewundert."

Da die Surfschule unweit der Steinbucht lag, kauften Christoph und Nils auch noch ein Eis und bummelten dann zusammen mit Ellen weiter.

Sie ließen den kleinen Ort hinter sich und schlenderten den schmalen Kiesweg durch Felder und Wiesen entlang der Dünen hinunter. Ein sanfter Wind begleitete sie. Die Sonne lachte von einem wolkenlosen Himmel. Man unterhielt sich gut.

Die Männer erzählten, dass Nils sein Studium abgebrochen hatte, um sich diesen Traum zu erfüllen und dass Christoph erst gar nicht damit einverstanden war. Nils konnte es daher kaum fassen, als er von Ellen erfuhr, dass Christoph damals den gleichen Traum gehabt hatte.

„Warum, um alles in der Welt hast du dich dann so schwer überzeugen lassen, Paps?"

„Wenn man älter wird, sieht man die Dinge eben anders…", antwortete Christoph knapp.

Also waren die Jahre auch an Christophs Gemüt nicht spurlos vorbeigegangen. Auch sein Freigeist war scheinbar durch Erfahrungen und Erlebnisse gezähmt worden.

Er erzählte, dass er nach jahrelangem Kompromisseschliessen vor Kurzem seine Frau verlassen habe. Er sei nicht mehr glücklich gewesen und er habe auch nicht gewusst, ob er es jemals war. Sich in dieser Situation alt werden zu sehen, sei für ihn nicht zu ertragen gewesen.

„Da habe ich mir erst mal so viel Urlaub genommen, wie ich kriegen konnte und bin hier her gekommen, um Nils zu helfen und gleichzeitig Abstand zu gewinnen. Glücklicherweise ist sein WG-Partner letzten Monat aufs Festland zurückgegangen. So konnte ich in sein Zimmer ziehen, bis ich weiß, ob ich vielleicht hier Arbeit finden und bleiben kann. Obwohl ich noch nicht mal weiß, ob ich das überhaupt will. Eigentlich weiß ich im Moment gar nichts!"

„Ja!", sagte Ellen. „Das kenne ich!"

Als sie an der Bucht ankamen, lud Nils Ellen ein, sich den Umbau der alten Surfschule doch einmal anzusehen. Ellen willigte gerne ein. Sie fühlte sich sehr wohl in Gegenwart der beiden. Sie strahlten eine Ruhe aus, wie sie sie kaum mehr kannte. Zuhause waren alle rastlos, immer das Ziel vor Augen. Diese beiden waren keine Getriebenen. Nils war dem jungen Christoph von damals sehr ähnlich. Seine Gelassenheit war sicher seiner Jugend geschuldet. Aber wie war das wohl bei Christoph? Hatte er sie sich bewahren können? War das bei ihm überhaupt noch Gelassenheit oder vielleicht pure Lethargie eines vom Leben Enttäuschten?

Die Surfschule war sehr schön gelegen. Eingebettet in weiche Dünenlandschaft, umsäumt von hohen Gräsern. Das kleine Häuschen bestand komplett aus Holz, umrahmt von einer breiten Veranda. Im Moment standen hier

Kreissäge und Tapeziertische. Überall lag Werkzeug, aber man konnte leicht erahnen, wie einladend es aussehen würde, wenn alles schön hergerichtet wäre.

Nils schloss die Tür auf und deutete Christoph und Ellen, hinter das Haus zu gehen.

„Setzt euch drüben! Ich mache uns erst mal einen Kaffee!"

Auf der anderen Seite der Holzhütte verbreiterte sich die Veranda zu einer geräumigen Terrasse. Von deren Mitte aus verlief ein breiter, hölzerner Steg bis weit ins Wasser hinein. Der Blick war herrlich!

Christoph und Ellen zogen die Schuhe aus, setzten sich ans Ende des Steges und ließen die Füße ins Wasser baumeln. Möwen kreisten kreischend über ihnen. Beide genossen die wohlige Atmosphäre und sagten einige Zeit gar nichts.

Irgendwann meinte Ellen:

„Ähm, ihr konntet die Sache von heute Morgen also klären?"

„Ja, ich habe anschließend gleich mit Nils gesprochen. Er weiß jetzt, dass wir lange ein Paar waren und dass ich darum so heftig reagiert habe, falls du das meinst."

„Das ist gut!", meinte Ellen. „Und…hat er auch noch was gesagt? Zu gestern Abend zum Beispiel?"

Christoph lachte. „Du kannst dich wirklich an nichts erinnern, oder?"

„Nein! Verdammt! Wenn ich´s doch sage!"

„Ich denke, ich kann dich beruhigen. Nils hat mir hoch und heilig versprochen, dass nichts gelaufen ist bei euch!"

„Puh!", machte Ellen, sichtlich erleichtert. Ein wenig stolz war sie jetzt auch, dass überhaupt in Erwägung gezogen wurde, dass sie, immerhin Ende vierzig, etwas mit Nils, schätzungsweise Anfang zwanzig, hätte haben können.

Nils kam heraus, reichte beiden einen dampfenden Kaffee und setzte sich dazu.

„Sprecht ihr über gestern Abend?", fragte er. „Du bist im Partykeller einfach vor meinen Füßen zusammengesackt. Ich habe dich gefragt, wo ich dich hinbringen kann, aber du konntest nichts brauchbares herauskriegen."

Ellen hielt sich beschämt die Hände vor die Augen.

„Oh, mein Gott! Das ist mir so peinlich!"

Die Männer lachten und Nils erzählte weiter, dass sie außer ein paar loser Groschen nichts dabeigehabt hätte. Nicht Mal ein Handy, womit er Louise hätte anrufen können. So habe er sie einfach mit nachhause geschleppt.

„Oh Mann…Schön ist es hier!", lenkte Ellen ab.

Nils grinste und hatte verstanden, dass Ellen nicht mehr darüber reden wollte.

„Ich muss zugeben,", sagte sie irgendwann, „dass ich vor vielen Jahren, als diese Schule gerade eröffnet war, mit Louise einmal hierhergekommen bin, um zu sehen, ob vielleicht Christoph seinen Traum wahrgemacht hat. Aber man sagte uns damals, der Besitzer heiße Uwe oder Ulf oder so."

„Uwe Jansen!", berichtigte Nils.

„Ja, kann sein. Wie kam es jetzt, dass du sie übernommen hast?"

„Wir waren oft in den Ferien hier, haben Oma besucht. Da war Paps meistens mit mir hier. So haben wir Uwe ganz gut kennengelernt."

„Nils hat ihn immer total bewundert.", unterbrach Christoph. „Er fand ihn so cool!"

„Ich fand vor allem toll, wie er hier lebte.", erzählte Nils weiter. „Uwe hat mich an die Hand genommen und mir alles gezeigt. Als ich älter wurde, konnte ich bei ihm jobben. Das hat mir immer Spaß gemacht, auch wenn ich natürlich irgendwann mitbekommen habe, dass auch so ein Lifestyle Arbeit ist."

„Was ist denn jetzt mit Uwe? Warum gibt er den Laden ab?", fragte Ellen.

Christoph grinste Ellen an. „Er ist jetzt Ende vierzig. Was denkst du?"

Ellen sah ihn fragend an. „Neue Liebe?"

„Genau!", sagte Christoph.

„Er verlässt seine ewige Freundin für eine Dreißigjährige und geht zu ihr nach Berlin.", ergänzte Nils.

„Verstehe!", murmelte Ellen und konnte nicht sagen, ob sie Uwe dafür verachtete oder bewunderte.

„Er hat mir den Laden angeboten und ich habe sofort zugesagt."

Wenig später fuhr ein Pick-Up vor. Drei junge Männer sprangen fröhlich heraus.

„Meine Jungs sind da! Ich mache mich an die Arbeit.", sagte Nils und winkte den Helfern zu. Er sammelte die Tassen ein und lief ins Haus.

Auch Christoph stand auf und während er Ellen die Hand reichte, um ihr aufzuhelfen, fragte er:

125

„Hast du noch etwas Zeit? Dann zeige ich dir auch drinnen alles."

„Klar! Gerne! Interessiert mich sehr!", strahlte Ellen.

Er hielt ihre Hand noch fest, als sie zur Hütte liefen. Das fiel Ellen erst auf, als er sie losließ, so vertraut fühlte es sich an. Als wären die zwanzig Jahre dazwischen nie gewesen.

Im Haus waren die Jungs schon fleißig am Werk. Es wurde gehämmert und geschraubt. Die Luft war staubig und roch nach Holz und oxidiertem Metall. Immer wieder wurde die Musik aus dem Baustellenradio von lauten Bohrgeräuschen verschluckt.

Christoph zeigte Ellen, wo die alte Theke war und wo die neue entstehen sollte. Sie sah die Umkleiden, die Toiletten und neue, helle Personalräume. Auch das Lager voller Surfbretter, Masten und Segel und dann die kleine Caféteria.

„Hier würden wir gerne was Größeres aufziehen. Gute, solide Gastronomie, die auch Nicht-Surfer einläd. Es macht als Sportler einfach mehr Spaß, wenn man viele Leute treffen und kennen lernen kann. Außerdem lockt man damit vielleicht den ein oder anderen auf´s Brett, der es nie probiert hätte, wenn er hier nicht den Surfern zugesehen hätte."

„Klar! Das wäre toll. Wo ist das Problem?"

„Wir haben zwar die Genehmigung zum Ausbau, aber uns fehlen verlässliche Leute und ehrlich gesagt steht auch die Finanzierung dafür noch nicht."

„Hm…", machte Ellen nur, sah sich in Gedanken aber schon hier arbeiten- hart arbeiten, jeden Groschen zählen, aber frei sein…

Christoph riss sie aus ihren Gedanken.

„Sollen wir zur Stadt zurücklaufen? Ich hab da später noch einen Termin. Eine Wohnungsbesichtigung."

„Oh, ja gerne!", meinte Ellen. „Ich muss auch so langsam mal einiges klären."

Sie verabschiedeten sich von Nils und seinen Helfern. Ellen bedankte sich noch einmal für seine Hilfe am gestrigen Abend, durch die ihr wahrscheinlich manche schlimmere Peinlichkeit erspart blieb.

22

Inzwischen hatte Louise sich massieren lassen, hatte im Meerwasserbad einige Bahnen gezogen und sich anschließend das Gesicht reinigen und eine Maske auflegen lassen. Jetzt huschte sie im Bademantel eilig auf ihr Zimmer, um der Katastrophe aus dem Wege zu gehen, dass jemand sie ungeschminkt sehen konnte.

Hier nahm sie den Rest der Granatapfel-Maske herunter. Komischerweise konnte auch die beste Pflege heute ihre Stimmung nicht aufhellen.

„Du weißt eben nicht, was Liebe ist!", hatte Ellen gesagt. Diese Worte hallten immer noch nach.

„Was weiß die schon!", tröstete sie sich selbst und wühlte dabei wieder in ihrer Kulturtasche, bis sie das Tablettendöschen fand. Sie nahm zwei kleine Pillen heraus, griff eine Piccoloflasche Sekt aus der Minibar, füllte damit ein Wasserglas und spülte die Tabletten herunter.

Als sie sich vor den Spiegel setzte fühlte sie sich immer noch grausam. Ihr Leben war so fürchterlich anstrengend. Nichts, aber auch gar nichts fiel ihr in den Schoß. Alles musste sie sich hart erkämpfen. Das war so ungerecht. Ihr war einfach nichts gegönnt. Was hatten denn alle anderen, was sie nicht hatte? Ellen stolperte schon immer von einer glücklichen Beziehung in die nächste. Der neue Kerl immer noch eins besser als der alte. Louise musste immer um Liebe betteln. Zumindest fühlte es sich für sie so an. War sie denn gar nicht liebenswert? Sie musste immer kämpfen, sich drehen und biegen für eine vernünftige Ehe, für Anerkennung, Geld, ihr Kind, viele interessante Freunde. Das alles bekam Ellen ganz nebenbei…

Warum immer nur die anderen?

Wieder klingelte ein Telefon. Diesmal war es Louises eigenes Handy.

Martin rief an.

Schnell kippte sie den Rest Sekt herunter und nahm das Gespräch entgegen.

„Hallo?", sagte sie vorsichtig.

„Holger hat mich angerufen.", kam von Martin zurück.

Lou schloss die Augen und sagte gar nichts.

„Er sagt, Ellen ist mit dir unterwegs und er kann sie nicht erreichen. Hast du da irgendwas mit zu tun, du intrigantes Stück?"

„Ich? Was soll ich denn…"

„Was auch immer! Du bringst das wieder in Ordnung! Meine Freunde werden nicht unter deiner Boshaftigkeit leiden."

„Das sind vor allem auch meine Freunde! Und wenn die Beziehungsprobleme haben, kann ich doch da nichts für. Ich will nur helfen. Kümmere dich lieber mal unsere Ehe.", entgegnete Louise bestimmt.

„Das tue ich! Das kannst du mir glauben. Deine Sachen sind auf dem Weg zu deiner Mutter. Du brauchst nicht zurückkommen!", knurrte Martin böse.

„Wie…was soll das heißen?"

„Wir sind auf dem Weg nach Wesum. Christina war im Labor."

„Ich verstehe nicht…"

„Ich habe ihr von unserem Streit erzählt und was du mir an den Kopf geworfen hast. Wir haben einen Test machen lassen."

Louise wurde blass.

„Sie will mit deiner Mutter reden, um ein paar Dinge zu erfahren. Ich habe gleich alles ins Auto gepackt, was ich von dir hier nicht mehr sehen will. Wie gut, dass du auch da bist. Kannst es bei deiner Mutter abholen oder gleich bei ihr einziehen. Ist mir egal!"

„Nein, Martin! Das ist alles Quatsch! Was erzählst du da?"

„Hör auf!", brüllte Martin. „Hör endlich auf damit!"

Einen Moment lang war Stille.

„Wenn du noch irgendwas willst, melde dich bei meinem Anwalt. Mein Kollege Stefan hat die Sachen übernommen."

„Die Sache? Was…"

Es klickte in der Leitung.

„Martin?"

Niemand antwortete. Er hatte aufgelegt.

23

Ellen und Christoph liefen zunächst wieder den kleinen Kiesweg hinauf. Sie redeten über alte Zeiten. Immer mehr Erinnerungen kamen zurück. Wie die Teenager plapperten sie aufgeregt und lachten. Lustige Geschichten fielen ihnen ein und romantische Orte, an denen sie sich damals trafen.

Ellen fühlte sich so wohl, so angekommen. Es war, als sei sie nach einer langen Reise endlich wieder zuhause.

Immer wieder berührten sie sich wie zufällig. Ellen durchfuhr jedes Mal ein wohliges Kribbeln. Sie genoss seine Nähe sehr und musste sich eingestehen, dass sie in diesem Moment nirgendwo anders hätte sein wollen.

Irgendwann erinnerte Christoph sich an eine alte Ruine, Mauerreste eines vor Jahrzehnten abgebrannten Hofes, ganz hier in der Nähe der Steinbucht. Dort hatten sie die ersten Male wild geknutscht, als ihre Liebe noch ganz frisch war.

Sie bogen ab, in einen winzigen Feldweg, von dem sie meinten, er führe in Richtung dieser Ruine, um nachzusehen, ob sie noch da war.

Der Pfad wurde schmaler und schmaler und verlor sich dann in einem Dornengebüsch am Waldrand.

„Hier ist wohl lange schon keiner mehr hergelaufen.", stellte Christoph fest. „Sollen wir uns da durchschlagen?"

„Ich glaube, wenn wir dahinten über den Bach kommen, geht's besser weiter.", meinte Ellen und lief gleich los. Christoph folgte ihr.

„Der ist breiter, als ich dachte.", stellte sie dann fest.

„Ach was! Wir balancieren da über die Steine.", sagte Christoph und war schon auf den ersten Stein gehüpft. „Gib mir deine Hand!"

Wackelig suchten sie Stein für Stein einen Weg über das fließende Gewässer. Das Wasser sprudelte glitzernd an ihnen vorbei. Hin und wieder spritzte es ihnen auf die Füße. Als Ellen kurz hochsah, in das von Blättern gebrochene, goldene Sonnenlicht, indem kleine, leichte Pollen tanzten, wurde ihr ganz warm ums Herz und als sie kräftig die sanfte, warme Luft einsog, überkam sie ein überwältigendes Glücksgefühl. Unwillkürlich drückte sie seine Hand fester. Christoph bemerkte das sofort. Er drehte sich um und sah ihr freudestrahlend tief in die Augen. Ellen lächelte fröhlich zurück. Ihr Herz schlug schneller.

„Jetzt mit Schwung!", rief Christoph. Damit sprang er den letzten halben Meter bis ans Ufer und zog Ellen unsanft mit sich. Die kam ins Straucheln, weshalb Christoph sich wiederum nicht halten konnte und rücklings in der Wiese landete. Trotzdem hielt er Ellen noch so gut er konnte, die sich dann mit einem Schritt ins tiefe Wasser auch an Land rettete und gleich neben ihm ins Gras fiel. Beide lachten ausgelassen.

Es war so schön hier, so leicht.

Ellen blieb auf dem Rücken liegen, schob die Hände unter den Kopf und schloss die Augen.

„Diesen Moment möchte ich festhalten!", sagte sie und atmete noch einmal tief die frische Sommerluft ein.

Christoph stützte sich auf einem Unterarm und lehnte sich leicht über ihr glückliches Gesicht. Er betrachtete es liebevoll und stellte fest, dass es ihm noch genauso gut gefiel wie früher. Keine Falte und kein Krähenfuß hatte dieser Schönheit Abbruch getan.

Ellen spürte, dass er sie ansah und blinzelte ihn durch ein Auge an. Ihr Puls raste, das Herz schlug ihr bis zum Hals. Gleich würde er sie küssen. Sie wollte ihn küssen. Unbedingt! Tausend Bilder schossen ihr durch den Kopf. Bilder von früher. Auf einmal war sie wieder da, diese Leidenschaft. Sie war so aufgeregt, so glücklich, so voller Spannung. Doch da war auch die Angst, etwas zu tun, das sie bereuen würde. Erst war der Zweifel ganz klein. Er fiel kaum auf. Viel zu mächtig war die Gier nach diesem Kuss. Christoph kam ihr näher und sie meinte auch seinen Herzschlag spüren zu können. Doch die Zweifel wurden plötzlich lauter. Ellen schloss die Augen. Durfte sie das tun? Vielleicht, wenn die Initiative nicht von ihr...das würde nichts ändern. Egal, es würde so gut tun...oder alles kaputt machen?

Mit einem Ruck drehte Ellen sich plötzlich unter Christoph weg und stand auf.

„Wir gehen besser weiter.", sagte sie. „Irgendwann muss ich ja auch heute noch nachhause."

Christoph nickte nur kurz, stand dann auch auf und schlug sich noch etwas Dreck von der Hose.

„Außerdem habe ich jetzt einen nassen Fuß!", meinte Ellen weiter, nur um irgendetwas zu sagen.

„Ehrlich gesagt, weiß ich gar nicht mehr genau, wo wir hier sind.", stellte Christoph dann fest. „Aber die Ruine hätte schon hier irgendwo sein müssen."

„Die musste bestimmt einem Acker weichen. Ich weiß es auch nicht sicher, aber, ich glaube, der Ort liegt in dieser Richtung hier."

Sie nahmen ihren Weg wieder auf, liefen langsam weiter. Eine Zeit lang blieben beide still, ohne, dass es ihnen bewusst war. In beiden hallte die Situation von eben am Bach noch nach. Jeder versuchte, seine Gefühle zu sortieren.

Ellen war froh, dass es nicht zum Kuss gekommen war. Andererseits hätte sie es so gern getan, hätte so gern gewusst, ob es sich angefühlt hätte wie damals, ob es ihr ein bekanntes Gefühl gewesen wäre, oder vielleicht ein ganz neues? Konnte sie überhaupt noch so intensiv fühlen, wie sie es als junges Mädchen tat? Wäre es halt ein Kuss gewesen, oder einer voller Leidenschaft? Und vor allem: wären die Leidenschaft und das Gefühl anders als bei Holger? Womöglich sogar besser?

Plötzlich lief Christoph vor und rief aufgeregt:

„Die Richtung stimmt! Schau doch, Ellen! Hier ist unser Baum!"

Ellen wusste nicht gleich wovon er sprach, bis Christoph leidenschaftlich einen sehr vermoosten Baum umarmte und dann ein wenig von der grünen Schicht abkratzte.

„Da steht es immer noch: E plus C! Erinnerst du dich nicht? Du hast gesagt, dieser Baum sei der schönste, weil seine Äste so weit unten anfangen. Ich habe ihn gleich erkannt."

„Ja, tatsächlich!", sagte Ellen andächtig. „Er ist immer noch so schön! Und der erste Ast beginnt gleich hier unten. Früher konnte ich mich mit einem Satz drauf schwingen." Sie hob die Arme und konnte soeben den unteren Ast eben erreichen.

„Oh, gewachsen bin ich nicht.", lachte sie.

„Bei allem Respekt, ich glaube kaum, dass du dich da noch so hochschwingen kannst."

„Das ist ja wohl ´ne Frechheit!", rief Ellen, sprang hoch und umklammerte mit beiden Händen den dicken Ast. Gleichzeitig schlug sie ihre Beine hoch und kreuzte auch die Füße darüber. Jetzt hing sie wie ein Faultier kopfüber an ihrem alten Baum und zappelte vor und zurück, kam aber nicht wirklich weiter.

„Mist!", rief sie dann und Christoph lachte.

„Ich komm nicht weiter!"

„Das sehe ich!", prustete Christoph. „Sieht ziemlich dämlich aus!"

„Blödmann!"

Sie zappelte noch ein bisschen in der Hoffnung, genug Schwung zu bekommen, um sich heraufzuziehen. Dabei schlang sich unglücklicherweise einer ihrer Schnürsenkel über einen kurzen, abgebrochenen Zweig, so dass sie auch die Füße nicht mehr sacken lassen konnte.

„Ah, Hilfe!", rief sie, als sie bemerkte, dass sie auch nicht mehr herunterkam.

Christoph wand sich vor Lachen.

Ellen wütete: „Hör auf jetzt! Hilf mir runter!"

„Das muss ich mir erst noch überlegen."

„Lass den Quatsch! Mir steigt das Blut in den Kopf. Ich will runter!", quengelte sie, musste aber auch lachen.

„Wie heißt das Zauberwort?"

„Biiitteee!"

Christoph stellte sich unter Ellen und hob sie etwas an, sodass sie den Schnürsenkel lösen konnte. Dann glitt sie sanft in seinen Armen herunter.

Sie hatte eben wieder Boden unter den Füssen, da drehte Christoph sie fast wild herum und küsste sie.

Gleich begann es unter ihr wieder zu schwanken, aber Ellen erwiderte den Kuss.

Schlagartig war alles wieder da. Das Pulsrasen und das Herzklopfen. Das Kribbeln, das ihr durch den Körper fuhr, diese Leidenschaft, diese Erregung, dieses Leben, das durch jede Ader strömte und das sie so vermisst hatte.

Als sie sich voneinander lösten, sahen sie sich lange an. Niemand wagte, etwas zu sagen, aus Angst, diesen magischen Moment zu zerschlagen.

Alles fühlte sich mit Christoph so herrlich unverbraucht an. Sie empfand eine Frische und Lebendigkeit. Als hätte jemand in ihrem Herzen eine Tür aufgerissen und nach zwanzig Jahren mal wieder kräftig durchgelüftet.

Ganz tief unten, irgendwo in der Magengegend aber, ermahnte eine zaghafte Stimme sie zur Vernunft. Aber Ellen hörte nicht hin. Sie wollte nicht.

24

Sie liefen weiter an einem Feldrand entlang und kletterten dann vorsichtig, aber nicht vorsichtig genug, über einen Stacheldrahtzaun, der Christoph die Hose zerriss. Ein tiefer Kratzer zog sich hinten über seinen Oberschenkel.

„Oh, Scheiße!", rief Ellen, die sich die Stelle gleich ansah. „Das blutet ganz schön!"

„Erzähl mir nichts von Blut.", sagte Christoph. „Da wird mir gleich ganz anders…"

„So schlimm ist es nun auch wieder nicht.", lachte Ellen.

„Ich muss mich kurz setzen!" Er schleppte sich theatralisch zu einem liegenden Baumstamm, setzte sich und versuchte umständlich, sich die Wunde anzusehen.

„Geh nur weiter!", sagte er dann zu Ellen. „Mir ist nicht mehr zu helfen, aber du kannst es schaffen."

Ellen lachte wieder. „Sind wir hier in einer weiteren, spannenden Folge vom `Bergdoktor`, oder was?"

„Mach dich nur lustig!"

Ellen setzte sich zu ihm.

„Wir warten einfach, bis es wieder zugewachsen ist.", stichelte sie. „Bei so 'nem kleinen Kratzer wird das sicher nicht so lange dauern."

Christoph streckte ihr die Zunge raus und tupfte mit einem Papiertaschentuch etwas Blut vom Bein.

„Naja, immerhin lässt du mich dieses Mal nicht einfach im Stich!", murmelte er.

Ellen sah ihn fragend an. Sie war nicht sicher, ob sie richtig gehört hatte, und wenn ja, ob er auf die Geschehnisse von vor über zwanzig Jahren anspielte.

„Was sagst du?"

„Ach, Ellen. Ich weiß, es ist ewig her und es spielt auch keine Rolle mehr. Aber es hat so weh getan. Ich möchte es immer noch gerne verstehen."

„Was? Was verstehst du nicht?"

„Warum du alles hingeschmissen hast damals. Das hat mein ganzes Leben umgeworfen. Ich glaube, ich habe mich nie wirklich davon erholt."

„Ich wollte nur gerne studieren gehen."

„Das weiß ich! Das war zuerst auch ein Schock für mich, aber darum mussten wir doch nicht gleich die ganze Beziehung über Bord werfen."

„Das sagst du mir? Du wolltest doch partout nicht mit mir reden."

„Was?? Natürlich! Ich wollte dich auf keinen Fall verlieren. Ich wäre mit dir gegangen. Wohin auch immer."

„Was soll das jetzt? Willst du mir nach so langer Zeit noch den schwarzen Peter zuschieben?", fragte Ellen vorwurfsvoll.

Christoph steckte das verschmierte Taschentuch in die Hose und sah Ellen eindringlich an.

„Sag mir bitte: Wolltest du mich nicht mehr?"

„Doch! Natürlich!"

„Aber warum hast du uns dann keine Chance gegeben?"

Ellen sprang auf.

„Ich?"

„Ja klar!"

„Christoph! Du hast gleich nach drei Tagen die nächste geknutscht! Was sollte ich denn bitte davon halten?"

Jetzt stand auch er auf und stellte sich dicht vor Ellen auf.

„Was hab ich?"

„Ach komm, jetzt hör auf!"

„Nein, Ellen. Ich habe niemanden geknutscht. Bestimmt nicht!"

„Lou hat es doch gesehen…"

„Ellen, ich saß tagelang unten am Strand. An unserem Stein. Weißt du noch? Warum bist du nicht gekommen?"

„Um euch beim Knutschen zuzusehen?"

Christoph nahm Ellens Hände. Sie wollte sie entreißen, aber er hielt sie ganz fest.

„Ich habe doch keine andere gehabt. Ich habe nur an dich gedacht. Ehrlich gesagt, bis heute!"

„Lass das jetzt. Das ist doch albern."

„Nicht für mich, Ellen. Bitte sag mir, warum du nicht gekommen bist."

„Wohin denn?"

„Na, zum Strand, wie ich dir geschrieben habe."

„Du hast mir überhaupt nicht geschrieben!"

„Was? Natürlich! Das war der längste Brief, den die Welt je gesehen hat. Wenn du den vergessen hast…"

Ellen setzte sich wieder. Was redete er denn da? Sollte tatsächlich irgendwie eine Verkettung unglücklicher Umstände zum Ende ihrer großen Liebe geführt haben?

„Ich bin mir sicher, Christoph. Ich habe nie einen Brief bekommen."

„Aber das kann doch nicht wahr sein! Mein ganzes Herz habe ich damals ausgeschüttet. Ich wollte mich entschuldigen, dass ich so bockig war und nie ans Telefon gegangen bin. Ich hatte mich immer wieder durch meine Mutter verleugnen lassen, weil ich wollte, dass du leidest und um mich kämpfst und reumütig deine eigenen Pläne aufgibst, um bei mir zu sein."

„Das hat ja auch geklappt! Ich war bereit, alles aufzugeben, wenn du mir nur verziehen hättest. Das habe ich doch dann in einem Brief geschrieben, den ich deiner Mutter gegeben hatte."

„Richtig! Ich war so glücklich über diesen Brief, weil du irgendwann nicht mehr angerufen hast und ich Angst hatte, die Sache überstrapaziert zu haben. Darum habe ich es genauso gemacht und dir zurückgeschrieben."

Ellen schüttelte den Kopf. Leise sagte sie: „Da war kein Brief."

„Das kann nicht sein!"

„Wenn ich´s doch sage! Du hättest ihn wohl auch besser persönlich überbringen sollen. So wie ich es getan habe. Du wusstest doch, dass ich bei Louise gewohnt habe."

„Habe ich doch! Ich habe Louise getroffen. Sie hatte ich gebeten ihn dir zu geben, weil du doch am Wochenende bei ihr warst."

Sie sahen sich an. Fragend. Geschockt. Und verstanden plötzlich.

„Sie hat ihn dir nicht gegeben.", folgerte Christoph.

„Nein, hat sie nicht."

Fassungslos starrten beide zu Boden.

Gedanken rasten durch ihre Köpfe. Bilder. Fragen. Warum hatte Louise das getan? Was wäre gewesen, wenn der

Brief angekommen wäre? Sollte das so kommen? War das Schicksal? War das eine Katastrophe?

Ellen war verzweifelt. Sie fühlte sich um ihr Glück betrogen. Von ihrer besten Freundin!

Sie hatte es gewusst. Da war sie jetzt ganz sicher. Die ganze Zeit hatte sie es gespürt. Darum war sie so unglücklich gewesen, obwohl sie alles hatte, von dem man nur träumen konnte.

„Ich fasse es nicht!", sagte Christoph irgendwann völlig entkräftet. Hatte er doch all die Jahre hart gekämpft um weiterzuleben. Immer wieder Gedanken an Ellen abgewehrt, zurückgedrängt und zerschlagen. So war es jetzt, als hätte ihm jemand den Todesstoß gegeben.

In Ellen stiegen Wut und Tränen hoch.

Vorsichtig fragte sie: „Was…stand denn drin?"

Christoph brauchte eine Zeit um sich zu sammeln. Dann sah er Ellen an.

„Ich wollte dich treffen. Unten an unserem Stein. An dem Tag, an dem du zurück auf´s Festland fahren wolltest. Ich hatte mich entschuldigt für mein blödes Verhalten und dich gebeten, die späte Fähre zu nehmen und vorher runter zum Strand zu kommen, wenn du uns noch eine Chance geben wolltest…aber du bist nicht gekommen."

„Ich hatte keine Ahnung!"

„…und dann habe ich am nächsten Tag erfahren, dass du sogar schon am Vortag die Insel verlassen hattest."

„Ich hatte so Angst, dich mit einer anderen…"

„Wie kommst du auf sowas?"

„Louise!", brüllte Ellen. „Louise hat mir das erzählt!" Entschlossen sprang sie auf und lief wild umher.

„Wo geht´s denn hier jetzt lang, verdammt?"

„Wo willst du denn hin, Ellen?"

„Zum Hotel! Das wird sie mir erklären. Und dann reiß ich ihr die blondierten Haare einzeln aus!"

Christoph deutete ihr den Weg und lief eilig hinter Ellen her.

Der Weg war lang. Viel länger als der Hinweg, so kam es Ellen vor. Obwohl sie schnell lief. Christoph konnte kaum folgen.

„Was soll das denn jetzt noch bringen, Ellen?"

Sie antwortete nicht, lief einfach weiter.

„Ellen, jetzt warte doch!"

Irgendwann erreichten sie den Ort. Ellen behielt ihr Tempo bei. Einige Male mussten Passanten zur Seite hüpfen, um nicht von ihr gerammt zu werden. Christoph eilte noch immer hinterher und entschuldigte sich hin und wieder hektisch.

„Ellen, jetzt…was erwartest du denn davon?"

Plötzlich stoppte sie und drehte sich um. Er konnte noch eben anhalten, um sie nicht umzulaufen.

„Sie war meine beste Freundin! Sie hat mich verraten! Das kann ich doch nicht einfach so schlucken!"

„Louise war schon immer …seltsam. Sie hatte immer ihre eigenen Wahrheiten."

„Ich habe dich geliebt! Ich habe gelitten und sie wusste das genau! Ich kann es einfach nicht fassen! Wie bösartig kann man denn sein?"

Damit drehte sie sich und nahm weiter Kurs auf das Hotel.

„Also eigentlich…", meinte Christoph hechelnd hinter ihr, „habe ich dir schon damals gesagt, dass Louise eine falsche Schlange ist. Alle wussten das. Du hast sie immer in Schutz genommen."

„Mit sowas konnte ich nicht rechnen!"

„Nein, das stimmt! Ich hätte ihr den Brief nie gegeben, wenn ich geahnt hätte…"

Vor dem Hotel hielt sie an.

„Hast du denn nie nachgefragt?"

„Ob du den Brief bekommen hast? Doch! Aber erst viel später, als ich den Schock überwunden hatte, dass du weg bist von der Insel."

„Und? Was hat sie da gesagt?"

Christoph lachte zynisch. „Sie hat behauptet, du hättest ihn gelesen und vor ihren Augen zerrissen."

„Unfassbar!" Ellen faltete die Hände vor der Stirn zusammen, warf den Kopf in den Nacken und starrte in die Luft. Dabei lief sie ziellos vor dem Hoteleingang hin und her, als wüsste sie nicht, ob sie reingehen oder weglaufen sollte.

„Es wäre ganz einfach alles wieder gut gewesen.", meinte sie dann. „Verstehst du?"

Christoph nickte.

„Ich meine,", sagte Ellen weiter, „es war ja gar nichts zwischen uns. Ein kleiner Streit. Wir hätten das geklärt. Mit einem Satz, mit einer dreisten Lüge, hat sie alles kaputt gemacht."

Christoph nickte wieder und setzte sich betreten auf eine Bank. Er war nicht im Stande zu begreifen, was für eine Wende seine eigene Geschichte hätte nehmen können.

Es tat so gut, zu wissen, dass Ellen damals nicht aufgehört hatte, ihn zu lieben. Aber würde es etwas ändern? Es war doch alles so lange her.

„Moment mal!", sagte Ellen plötzlich, als habe sie eine Erleuchtung gehabt. „Sie macht das gerade wieder"

„Was macht sie wieder?"

„Sie versucht es wieder! Genau so!", rief sie panisch.

„Was denn?"

„Sie versucht, meine Beziehung zu zerstören! Was für ein Miststück! Natürlich!"

„Was erzählst du da, Ellen?"

„Das kann nicht sein! Warum? Was soll das?"

„Was denn, Ellen? Was ist denn?"

Christoph fasste sie an die Schultern und schüttelte sie. Ellens Blick ging an Christoph vorbei. Sie war völlig von Sinnen.

„Ellen! Sieh mich an! Was meinst du denn?"

Endlich reagierte sie. „Sie hat mich hierher gelockt und versucht, mir einzureden, dass mein Mann eine andere hat."

„Ach Quatsch!"

„Doch! Ich bin ganz sicher! Und dann…ich bin fast drauf reingefallen, oh, mein Gott! Wenn ich…wenn mit Nils…dann hätte sie es geschafft!"

„Ich verstehe kein Wort!"

Ellen rannte durch die automatische Tür. Die Aufzüge waren beide verschlossen. Suchend sah sie sich um, fand den Eingang zum Treppenhaus und stieg wutentbrannt, immer zwei Stufen auf einmal, in die zweite Etage.

Ungeduldig bollerte sie mit der Faust an Louises Zimmertür.

„Mach auf!", rief sie. „Mach auf Louise! Ich weiß genau, was du vorhast! Komm sofort raus!"

Sie hielt kurz inne, um zu hören, ob sich im Zimmer irgendetwas tat. Aber es regte sich gar nichts.

„Louise! Mach sofort die Tür auf!", brüllte sie lauter. Dabei klopfte und hämmerte sie an die Tür so laut sie konnte, aber die blieb verschlossen.

„Scheiße!", sagte Ellen laut und trat noch einmal vor die Tür.

Dann fiel ihr Blick auf den Wegweiser zum Spa und sie erinnerte sich, dass Louise sich dort verwöhnen lassen wollte. Blitzartig rannte sie den Flur entlang zurück ins Treppenhaus, nahm ein paar Stufen und schwang sich die letzten am Geländer herunter. Unten folgte sie weiter den Schildern bis zur Tür mit der Aufschrift 'Wellnessbereich', die fest verschlossen war. Sie klopfte an und ruckelte dann unsanft an der Türklinke, bis sie jemanden hinter sich sagen hörte:

„Entschuldigung, wie sie vielleicht erkennen können, ist der Wellnessbereich momentan nicht besetzt."

„Ich suche jemanden!", erwiderte Ellen der Dame unfreundlich.

„Wenn die Tür verschlossen ist, ist niemand drin. Wir vergeben Termine, wissen Sie?"

Ellen sah die Dame böse an und lief dann stumpf an ihr vorbei, wieder durch die Automatiktür nach draußen, wo Christoph immer noch auf der Bank saß.

Ohne Worte setzte Ellen sich daneben. Christoph sah sie fragend an.

„Sie ist nicht da!", sagte Ellen.

„Hm.", machte Christoph.

Beide schwiegen eine Weile.

„Ich brauche einen Schnaps!", sagte Ellen dann.

25

Wenig später saßen die beiden im Biergarten nebenan und hatten jeder ein Bier und einen Kurzen bestellt.

Noch immer aber wusste keiner, was er von der Geschichte nun halten sollte und vor allem, wie wohl der andere darüber dachte. Eine unbequeme Situation, in der niemand das Gespräch eröffnen wollte.

Nachdem die Getränke endlich gebracht wurden und der Schnaps heruntergekippt war, fasste sich Ellen ein Herz:

„Es tut mir leid, Christoph! Ich bin total verwirrt. Mein Weltbild ist völlig zerstört."

„Ich weiß!", antwortete er knapp. Er war nicht mehr sicher, um was es hier eigentlich ging. Spielte er noch eine Rolle in dem Dilemma? War es ihre alte, unglückliche Geschichte, die Ellen so sehr aufwühlte oder ging es jetzt um ihre Ehe? Oder war es die Tatsache, dass es sich bei der Verräterin ausgerechnet um ihre `beste Freundin´ handelte?

Wahrscheinlich aber, so hatte er das Gefühl, war es alles zusammen. Aber er spürte auch, dass er sie noch nicht verloren hatte. Diesmal würde er kämpfen, solange auch nur ein Funke Hoffnung besteht. Er griff nach ihrer Hand, umschloss sie ganz zärtlich aber fest mit beiden Händen und sah sie liebevoll an. Ellen lächelte zurück.

„Ich kapiere das einfach nicht!", sagte Ellen dann.

„Also mir wird jetzt so einiges klar.", antwortete Christoph. „Es wird für mich vielleicht nichts mehr ändern, aber ich kann es jetzt wenigstens endlich verstehen."

„Ja, das kann ich auch. Aber das macht die Sache nicht gerade besser!"

Christoph nickte nur.

„Ich will, dass sie mir ins Gesicht sagt, warum sie so etwas tut, verstehst du? Und dann will ich sie nie wiedersehen!"

In dem Moment kam ein Rettungswagen vorgefahren. Die Sanitäter liefen schnellen Schrittes ins Hotel.

Christoph und Ellen sahen sich an.

„Hoffentlich nichts Schlimmes!", meinte Christoph.

„Ja, wenn man sowas sieht, merkt man auf einmal wieder, wie gut es einem geht, wenn´s auch mal schräg läuft."

Sie legten zehn Euro auf den Tisch und liefen langsam wieder zum Hotel zurück, vorbei an dem Rettungswagen bis in die Lobby.

„Was hast du jetzt vor?", fragte Christoph.

„Ich weiß es nicht! Vielleicht warte ich hier, bis Louise zurückkommt. Vielleicht sollte ich aber auch einfach nachhause fahren?"

„Bestimmt ist Louise bei ihrer Mutter, versuch´s doch mal da!"

„Nein!", antwortete Ellen. „Die ist zurzeit gar nicht auf der Insel"

Nach kurzem Überlegen sagte sie weiter: „Ich werde jetzt meine Sachen packen und telefonieren muss ich auch!"

„Alles klar!", sagte Christoph. „Ich geh dann mal."

Ellen sah ihn an und nickte.

Auch Christoph sah sie an und konnte seinen Blick nicht lösen.

„Ellen, ich…"

Ellens Herz raste. Da stand ihre große Liebe nach so langer Zeit wieder vor ihr. Solange verlorengeglaubt, hatte das Schicksal sie ihr einfach wieder vor die Füße gestellt. Und jetzt wurde klar: sie ist nicht verloren. Sie war es nie!

Ellen wollte nicht, dass er ging. Hastig schlang sie ihre Arme um seinen Hals und küsste ihn wild und hingebungsvoll.

Da sprang die Fahrstuhltür auf. Die Sanitäter schoben eine Krankentrage heraus.

„Louise!", schrie Ellen plötzlich.

Da sah auch Christoph, dass sie es war, die an Schläuchen und Kabeln aus dem Hotel transportiert wurde.

„Kennen Sie die Dame?", fragte einer der Männer.

„Ja, das ist…meine Freundin. Ich bin mit ihr hier."

„Dann wäre es gut, wenn Sie mitfahren würden. Auch, wegen der Formalitäten."

„Äh, ja klar!", stammelte Ellen und stieg neben der Trage in den Wagen. Einmal noch traf sie Christophs Blick, dann wurden die Türen geschlossen.

Ellen sah sich um. Kabel hingen überall. Irgendetwas piepte. Das Martinshorn dröhnte. Louise hatte die Augen geschlossen.

„Was ist passiert, um Himmels Willen?", fragte sie den Sanitäter, der gerade eine Spritze an Louises Arm ansetzte.

„Zu viel von allem, wie's aussieht!", sagte der knapp.

Ellen starrte Louise an. Auf einmal brach sie zusammen. Tränen liefen in Strömen über ihr Gesicht. Der Mann neben ihr tat, als merkte er nichts. Oder vielleicht war er sowas auch gewohnt und es war auch nicht seine Aufgabe, zu trösten. Er hatte sich um den Notfall zu kümmern.

Ellen aber verstand die Welt nicht mehr. Was war denn nur los? Vor ein paar Tagen war doch alles noch in Ordnung. Sie war etwas unzufrieden, aber sonst…

Der Wagen hielt und die Tür sprang auf. Jemand zog die Trage heraus. Mehrere Leute in Kitteln kamen hinzu und schoben Louise eilig in das Krankenhaus. Ellen versuchte, zu folgen.

„Hallo!", rief dann jemand. „Kennen sie die Dame?"

„Äh, ja!", sagte Ellen und war irgendwie froh, dass sie hier aufgehalten wurde. „Ich äh…ich bin mit ihr im Urlaub hier."

Die ältere Frau setzte sich wieder hinter ihren Schreibtisch und sah Ellen über ihre Brille hinweg an.

„Wie heißt sie denn?"

„Louise. Louise Kramer."

„Adresse?"

„Lohrkamp 12 in Hamburg"

„Krankenkasse?"

„Was? Äh, weiß ich nicht. Sagen Sie, was ist denn überhaupt passiert?"

„Da kann ich ihnen leider nichts zu sagen. Hier! Bitte füllen Sie aus, was Sie wissen. Sie können sich dort drüben setzten."

„OK!", sagte Ellen.

Als sie auf einem der drei grauen Stühle gegenüber Platz genommen hatte, starrte Ellen zunächst eine Zeit lang ins Leere. Die Ereignisse hatten sich überschlagen, sie kam nicht mehr nach, die Dinge zu verarbeiten. Eben noch war sie so wütend gewesen auf Louise und jetzt saß sie hier und musste sich um sie sorgen.

„Diesmal hat sie aber zu dramatischen Mitteln gegriffen, um sich aus der Affäre zu ziehen.", dachte Ellen.

„Oh, Ellen, das war jetzt böse!", meldete sich gleich ihr Gewissen.

Sie schüttelte den Kopf, als wolle sie die Gedanken vertreiben und widmete sich dem Meldezettel, den man ihr gegeben hatte.

Name und Adresse waren bereits eingetragen. Alter. Das war leicht. Louise war genau zwei Monate älter als Ellen. Krankenkasse. Keine Ahnung. Hausarzt…hm …auch keine Ahnung. Allergien? Operationen? Vorerkrankungen? Medikamente? Alles keine Ahnung! Sie wusste gar nichts über Louise. Zumindest nichts, das sich in den letzten zwanzig Jahren geändert haben könnte. War das noch eine Freundschaft? War es je eine?

„Sind sie für Frau Kramer hier?"

„Was?", Ellen schreckte aus ihren Gedanken und sah in das sympathische Gesicht eines Mannes im weißen Kittel, was die Schlussfolgerung zuließ, dass es sich um einen Arzt handelte.

„Sind sie die Ansprechperson für Frau Kramer?", fragte er erneut.

„Äh, ja!", antwortete Ellen. „Herbst. Ich heiße Ellen Herbst."

„Bitte kommen sie doch mit ins Sprechzimmer.", forderte der Arzt mit ernstem Blick. Ellen folgte ihm stumm.

„Ich bin Dr. Bolt, der leitende Stationsarzt. Frau Herbst, sie sind mit Frau Kramer verwandt?" Er deutete Ellen, sich zu setzen und schloss die Tür.

„Nein, ich bin…ihre Freundin. Wir sind zusammen im Urlaub hier. Was ist denn jetzt passiert?"

„Nun, aus datenschutzrechtlichen Gründen, kann ich Ihnen nicht alle Auskünfte geben, sie verstehen?" Ellen nickte, sah ihn aber weiter erwartungsvoll an.

„Frau Kramer ist in einem stabilen Zustand. Sie braucht allerdings Ruhe. Viel Ruhe. Ich kann Sie daher nicht zu ihr lassen. Sie können nachhause gehen, wenn sie möchten."

„Ja, aber was… hatte sie einen Herzinfarkt oder sowas?"

„Nein, sie hat zu viele Medikamente genommen. Zusammen mit viel Alkohol."

„Was denn für Medikamente?"

„Das darf ich Ihnen nicht sagen."

„Ja, ich meine Kopfschmerztabletten oder so? Aspirin? Davon bricht man zusammen?"

„Das waren natürlich schon härtere Mittel, die man im Normalfall nicht aus Versehen überdosiert."

„Was… soll das heißen? Meinen Sie, sie hat…Das hat sie doch nicht extra gemacht?"

„Das kann ich nicht ausschließen."

„Niemals! Das würde sie nie tun. Es gibt gar keinen Grund!"

„Frau Herbst, ich kann das jetzt mit Ihnen leider nicht weiter ausführen. Wir haben ihren Mann verständigt. Er ist auf dem Weg."

„OK! Ich verstehe…ich gehe dann mal.", murmelte Ellen und ging zur Tür, die der Doktor bereits für sie aufhielt.

Tief in Gedanken schritt sie den langen Flur entlang. Sie wusste nicht mehr, was sie glauben sollte. Alles, was sie bisher zu wissen meinte, schien ja nun mal nicht der Wahrheit zu entsprechen.

Momentan wusste sie nicht einmal, wo es hier aus dem Krankenhaus rausging, aber das war ihr egal. Sie wollte einfach nur laufen. Laufen und denken. Beides tat sie völlig orientierungslos.

Darum bemerkte sie auch die junge Frau nicht, die ihr entgegenkam und schon von Weitem skeptisch musterte.

„Ellen?", fragte diese vorsichtig, als sie schon fast an ihr vorbei war.

Ellen wandte sich zu ihr.

„Christina? Bist du das?"

Die junge Frau nickte heftig und kämpfte mit den Tränen. Gleich fielen sie sich in die Arme und drückten sich ganz fest.

„Mensch, Kind!", flüsterte Ellen. „So lange habe ich dich nicht gesehen. So lange! Und jetzt treffen wir uns hier."

„Warst du bei ihr?", fragte Christina, als sie die Umarmung lösten.

„Nein, sie braucht Ruhe. Man konnte mir auch nicht viel sagen. Ich bin ja keine Verwandte."

„Klar!"

„Hör mal, ich weiß nicht. Ich glaube, es ist vielleicht besser, wenn Martin zuerst mit den Ärzten spricht…"

„Ist schon ok. Ich denke, ich bin im Bilde."

„Ach ja? Sie soll Medikamente genommen haben. Starke."

„Ja. Ich weiß."

Die Frauen sahen sich an. Christina war so groß geworden. Sie war erwachsen.

„Hör zu, Ellen!", sagte sie. „Ich gehe jetzt mal zu ihr. Vielleicht erfahre ich ja mehr. Papa kommt auch sobald er kann. Wenn du kannst, komm doch auch später zu Oma. Ich werde gleich noch Mamas Klamotten aus dem Hotel holen und treffe mich dann dort mit Papa."

„Bei Brigitte? Ist sie zurück?"

„Von wo zurück?"

„Louise sagte, Brigitte sei auf Reisen und nicht auf der Insel."

Christina verdrehte die Augen. „Doch! Ist sie. Sie war auch nicht weg."

„Aha!"

„Ellen, wir sehen uns später, ok? Vielleicht können wir dann einiges aufklären. Gegen sechs bei Oma?"

„Ja, alles klar! Bis später!"

Irgendwann hatte Ellen endlich aus dem Labyrinth der Krankenhausflure herausgefunden. Auf schnellstem Wege eilte sie jetzt zum Hotel zurück. Sie lief durch die Touristenmassen, die immer noch fröhlich schlendernd durch die Gassen strömten. Für sie alle hatte sich nichts geändert. Ellens Welt aber war nicht mehr die gleiche wie die vor zwei Tagen.

Im Hotel angekommen, erkundigte Ellen sich zunächst an der Rezeption, bis wann sie morgen früh das Zimmer räumen müsse und ob es möglich wäre, ihr Gepäck noch eine Zeit lang hier unterzustellen, bis sie wisse, wann sie tatsächlich abreisen würde.

„Ja natürlich, Frau Herbst. Das ist gar kein Problem."

„Schön! Vielen Dank! Die Sachen von Frau Kramer werden gleich von ihrer Tochter abgeholt."

„Alles klar! Ich hoffe sehr, es geht ihr bald wieder besser?!"

„Äh, ja. Ich denke schon!"

„Ach, Frau Herbst, hier ist noch eine Nachricht für sie. Sie möchten sich bitte noch einmal bei einem Herrn Christoph Wagner melden." Sie gab Ellen einen Zettel, auf dem Christoph seine Nummer aufgeschrieben hatte.

„Ja, danke. Mach ich!", sagte sie. Es nervte sie ein bisschen, dass sie damit heute schon zum zweiten Mal seine Nummer von ihm bekam.

26

„Hallo?"

„Hallo? Holger?"

„Ellen! Ich hab tausend Mal versucht, dich zu erreichen!"

„Ja, ich…ich konnte nicht…"

Vorwurfsvoll unterbrach Holger sie: „Ich denke, du solltest mir einiges erklären!"

„Es ist so viel passiert!", wimmerte Ellen und brach in Tränen aus.

Holger sagte gar nichts. Von Louise wusste er nur, dass sie heute Nacht nicht im Hotel geschlafen hatte.

Ellen schluchzte.

„Hör zu!", sagte Holger dann streng, „wenn du mit uns irgendein Problem hast, solltest du das vielleicht mit mir besprechen, statt einfach abzuhauen, dich nicht mehr zu melden und…was weiß ich, was du da alles treibst! Das ist jawohl sowas von kindisch!"

„Was?"

„Findest du es nicht peinlich, dich irgendwelchen Kerlen an den Hals zu werfen?"

„Wie bitte?" Ellen verstand gar nichts mehr. Sollte nicht sie ihm Vorwürfe machen? Versuchte er jetzt den Spieß umzudrehen und sie für die eheliche Schieflage verantwortlich zu machen? Er war doch der alternde Ehemann, der mit der knackigen Arzthelferin ab und zu einen Energieaustausch vornahm.

„Na, das sagt ja der Richtige!"

„Was soll das jetzt?"

„Ich weiß das mit deiner schlampigen Sprechstundenhilfe. Das ist jawohl peinlich!"

Holger schnappte nach Luft.

„Also, das ist doch echt…"

Jetzt sagte niemand mehr etwas.

„Ellen,", sagte Holger dann, „wir kommen so nicht weiter. Komm erstmal nachhause. Am Telefon können und sollten wir das nicht klären."

„Du hast Recht. Aber ich kann jetzt noch nicht kommen. Louise ist im Krankenhaus."

„Oh, mein Gott, was ist geschehen?"

„Genau weiß ich es nicht. Angeblich hat sie zu viele starke Medikamente genommen. Zusammen mit viel Alkohol."

„Wie konnte denn sowas passieren? Weiß Martin Bescheid?"

„Ja, er ist auf dem Weg und der Arzt meint, dass sowas nicht einfach `passiert´.

„Was heißt das? Lou hat das doch niemals extra gemacht."

„Das dachte ich auch! Ich treffe ihre Familie gleich bei Brigitte zuhause. Da werde ich hoffentlich mehr erfahren."

Wieder war eine Zeit lang Ruhe.

„Bist du ok, Elli?", hörte Ellen ihn dann sagen und spürte auf einmal eine tiefe, wohlige Verbindung zu ihm.

Sie zuckte mit den Schultern und wieder liefen ihr die Tränen über die Wangen.

„Ellen, bitte sag mir, ob wir ein Problem haben!"

„Nein! Ja, doch! Ich weiß es nicht! Ich kann nicht klar denken. Es tut mir leid!"

Holger seufzte.

„Wann kommst du denn zurück?"

„Jetzt muss ich erstmal zu Brigitte. Ich muss wissen, was hier los ist und…was mit mir los ist. Ich melde mich!"

Ellen seufzte tief. Sie wollte noch so viel sagen, wollte alles erzählen, was passiert war und wie sie sich fühlte, und dass sie ihn lieb hatte. Aber es kam ihr nicht über die Lippen.

„Elli!", sagte Holger dann. Und nach einer langen Pause: „Pass auf dich auf!"

Obwohl Holger schon längst aufgelegt hatte, hielt Ellen noch das Handy ans Ohr. Sie starrte vor sich hin und ließ nur ganz langsam den Arm sinken. Ihr Blick fiel durch das Fenster, wo das Meer immer noch ganz ruhig dalag und freundlich glitzerte. Ellen lächelte es dankbar an, denn irgendwie hatte sie das Gefühl, es wolle sie trösten.

Langsam fing sie an, das meiste ihrer Sachen zusammen zu suchen und schon mal in den Koffer zu verstauen. Sicher würde sie morgen früh nicht allzu lange schlafen können. Dann würde sie gleich nach dem Frühstück die Koffer bei der Rezeption abgeben und Louise im Krankenhaus besuchen, in der Hoffnung, mit ihr reden zu können.

Tja und dann?

Dann würde sie nachhause fahren.

Sie hatte keine Idee, was sie dort erwarten würde.

Was für ein Trip, dachte sie. Es war ein gutes Gefühl, dieses Zimmer zu räumen, nach all den Kopfschmerzen und Gefühlsachterbahnen, die sie hier ertragen musste.

Sie war als aufgeräumte, verheiratete Frau hierhergekommen. Zwar mit einer persönlichen Krise aber auch mit ihrer besten Freundin.

Jetzt, zwei Tage später, hatte sich diese Freundin als Verräterin entpuppt. Ellens Lebensgeschichte hatte sich als böswillig manipuliert und ihre verloren geglaubte Jugendliebe als immer noch greifbar herausgestellt.

Wenn sie vorher etwas unzufrieden mit ihrer Lebenssituation gewesen war, konnte sie nun nicht mal mehr sagen, ob sie überhaupt im richtigen Leben angekommen war.

Hatte das Schicksal sie und Christoph absichtlich wieder zusammengeführt?

Schließlich schien plötzlich ihre als so selbstverständlich empfundene Ehe ebenfalls zerrüttet. Sie war ganz langsam und unbemerkt unter ihr zerbröselt und erst jetzt hatte sie es erkannt.

Wenn es tatsächlich ihre Beziehung zu Holger war, die sie in letzter Zeit so unzufrieden sein ließ, dann hatte es die Fügung ihr wohl jetzt mit der Brechstange klar machen wollen und hatte ihr gleichzeitig eine Alternative bereitgestellt: Christoph.

Oder war alles einfach nur Zufall?

Wurde ihre Ehe hier gerade auf eine ganz harte Probe gestellt? Noch vorhin war sie sicher, der Geschichte mit Christoph noch einmal eine Chance zu geben. Sie fühlte sich so wohl bei ihm. So frei und lebendig…

Das musste einfach richtig sein.

Ihre Ehe war am Ende. Da war nichts mehr. Auch von Holgers Seite. Er war nur zu schwach, es sich einzugestehen. Aber sie würde es tun. Da war sie ganz sicher.

Bis sie eben mit Holger telefoniert hatte. Ihr fiel jetzt auf, dass sie sogar ein ganz dringendes Bedürfnis hatte, ihn zu sprechen. Es tat so gut.

Abwesend sammelte sie die restlichen Sachen in ihre Handtasche. Dabei entdeckte sie einen der Zettel, auf denen Christoph seine Nummer aufgeschrieben hatte.

Sollte sie ihn noch mal anrufen? Er würde sicher gern wissen, wie es um Louise steht.

Sie wählte seine Nummer. Dann legte sie wieder auf, um dann nochmal die Nummer einzutippen und wieder wegzudrücken. Irgendwas in ihr sperrte sich dagegen, mit Christoph zu sprechen.

Ellen entschloss sich, ihm eine `What´s app´ zu schicken.

„Hallo Christoph! Lou ist nach einem Medikamentencocktail kollabiert. Ihr Zustand ist stabil. Mehr weiß ich auch noch nicht. Melde mich. Ellen", schrieb sie ihm.

So hatte er auch ganz nebenbei jetzt auch ihre Nummer, was ihr ein gutes Gefühl gab.

27

Als sie endlich alles zusammengepackt hatte, ihren Schlüssel an der Rezeption abgegeben hatte und sich eben auf den Weg zu Louises Mutter machen wollte, traf sie in der Lobby auf Christina, die Louises Koffer hinter sich herzog. Außerdem trug sie in der einen Hand das Beautycase, an der anderen Schulter hing eine Tasche und um den Hals eine weitere.

„Das passt ja gut!", rief sie Ellen entgegen.

Ellen lachte. „Warte, ich helfe dir. Gib mir was ab. Ich bin es gewohnt, die Klamotten deiner Mutter zu tragen."

Oh, Mist. Den letzten Satz wollte sie eigentlich nur denken.

Christina sah sie komisch an. Hoffentlich nahm sie ihr das nicht übel.

„Ist nicht immer einfach mit ihr, oder?", meinte sie dann mitleidig.

Ellen schüttelte den Kopf. „Nein!", sagte sie dann, „Nein, das ist es ganz bestimmt nicht."

Christina hatte ihr Auto direkt vor dem Hotel geparkt. Die beiden Frauen luden das Gepäck hinein und stiegen ein.

„Konntest du mit Lou reden?", fragte Ellen als sie losgefahren waren.

„Ich durfte zu ihr, aber sie hat tief geschlafen."

„Haben die Ärzte noch was gesagt?"

„Der zuständige Doktor war gerade nicht zu sprechen. Eine Schwester meinte, es ginge ihr den Umständen entsprechend gut. Da bin ich gegangen. Papa soll sich damit auseinander setzten."

„Dann weißt du also auch noch nicht viel mehr."

„Nein!"

„Das Ganze ist sicher ein Schock für dich!"

„Ja.", sagte Christina, verzog aber keine Mine.

Eine kurze Zeit sagte keiner etwas.

Ellen empfand die Stille als unangenehm. Da Christina dieses Thema aber scheinbar erstmal nicht weiter vertiefen wollte, entschloss sie sich für ein wenig Small-Talk.

„Du bist mit deinem Studium so gut wie fertig, habe ich gehört?!"

„Tse! Wer sagt das? Mama?"

„Klar! Stimmt's denn nicht? Wie lange musst du denn noch?"

„Ich hab's geschmissen."

„Oh!", machte Ellen. War wohl auch nicht das richtige Thema.

Vorsichtig fragte sie trotzdem weiter: „Und das will Louise nicht wahrhaben?"

„Sie weiß es nicht."

„Oh!", machte Ellen wieder. „Ist wohl noch frisch? Hast du dich nicht getraut, es ihr zu sagen?"

„Ich bin im dritten Lehrjahr zur Hotelfachfrau. Und sie weiß es immer noch nicht, weil ich seit fast vier Jahren keinen Kontakt mehr zu ihr habe."

„Wie bitte?"

Christina zog die Augenbrauen hoch und kniff die Lippen zusammen. Sie kämpfte mit den Tränen.

„Das passt zu ihr!", sagte sie dann, „Dass sie es dir nicht einmal erzählt. Unglaublich!"

Leise sagte Ellen: „Ich verstehe das nicht!"

„Es geht um den schönen Schein! Nur um den schönen Schein! Für Mama zählt einzig und allein die Außendarstellung!"

„Aha!", meinte Ellen nachdenklich. „Aber war die denn in Gefahr?"

„Meine Mutter ist krank, Ellen! Echt krank! Sie sieht überall Gefahren. Sie ist besessen davon, ihr krampfhaft erbautes, schillerndes Selbstbildnis zu erhalten. Koste es was es wolle!"

„Naja, sie war halt schon immer eine `schillernde´ Persönlichkeit…"

„Alles nur Fassade!", schimpfte Christina. „Und auch noch schlecht gemacht! Völlig übertrieben und an der Realität vorbei! Ehrlich gesagt, ist es mir ein Rätsel, wie sie die vor dir so gut aufrechterhalten konnte. Du warst ihr doch am nächsten von allen, über all die Jahre. Du hast nicht ein einziges Mal gezweifelt? Nicht ein Mal dahinter geguckt? Darum warst du ihr wohl immer die liebste Freundin…"

Ellen sah erwartungsvoll zu Christina hinüber. Was wollte sie damit sagen?

Nachdem sie den Wagen an einer roten Ampel gestoppt hatte, fuhr Christina nun etwas ruhiger fort:

„Aber du warst ja auch die einzige."

Zwei Straßen weiter erreichten die beiden das rietgedeckte Haus, in dem Louise aufgewachsen war und ihre Mutter Brigitte noch immer lebte. Christina parkte den

Wagen direkt vor dem kleinen gusseisernen Törchen zum wildbewachsenen Vorgarten.

„Ich habe ihr vertraut!", murmelte Ellen.

„Bei allem Respekt, Ellen,", antwortete Christina, als sie den Motor abgestellt hatte. „Du warst wohl als einzige naiv genug, dich ewig von ihr rumschubsen und manipulieren zu lassen."

„Hm!", machte Ellen. Musste sie sich so etwas sagen lassen, von einem Menschen, dem sie vor Kurzem noch die Windeln gewechselt hatte?

Womöglich hatte sie aber sogar Recht.

Ihr mangelndes Selbstbewusstsein hatte Louise von Anfang an in die Karten gespielt und sie hat es systematisch klein gehalten. So hatte Ellen immer zu ihr aufgeschaut. Lou war für sie immer über jeden Zweifel erhaben.

Auf einmal sah sie klar. Es fühlte sich seltsam an. Aber gut. Als sei sie nach fast fünfzig Jahren endlich aufgewacht.

Ein Gefühl von Stärke flackerte in ihr auf. Noch ein wenig konfus, aber sie war sicher, es würde bleiben.

Kurz schlich sich schlechtes Gewissen darunter, denn scheinbar ließ die Tatsache, dass vermeintlich starke Persönlichkeiten doch auch nur mit Wasser kochten, sie selbst innerlich wachsen. Ihre Freundin war soeben dem Tod von der Schippe gesprungen, und das womöglich sogar widerwillig, und das weckte in ihr neue Lebensgeister?

Das ist ja pervers - schalt sie sich in Gedanken. Christina klopfte vollbepackt an die verschlossene Beifahrertür, hinter der Ellen immer noch gedankenversunken saß.

„Willst du nicht mitkommen?"

Ellen fuhr kurz zusammen.

„Doch, sicher! Moment, ich helfe dir!" Sie schwang sich aus dem Auto, zog den großen Koffer aus dem Kofferraum und eilte hinter Christina her zur Haustür, die soeben geöffnet wurde.

Eine kleine hagere Frau fiel Christina gleich um den Hals. Ellen hätte sie fast nicht erkannt. Brigitte war grau geworden. Sie wirkte in sich zusammengesunken. Kaum etwas erinnerte noch an die stattliche, stolze Dame, die sie immer gewesen war. Ob auch ihre heile Welt nur ein wackeliges Kartenhaus war, das letztendlich nicht gehalten hatte?

Jetzt erst erkannte Brigitte auch Ellen wieder und begrüßte sie überschwänglich.

„Ellen! So eine Freude! Mit dir habe ich nicht gerechnet. Mein Gott, wie lang ist das her?"

„Hallo Brigitte! Schön dich zu sehen. Ich hoffe, es ist dir recht?"

„Natürlich, Ellen. Du warst immer eine Freundin des Hauses und ich bin wirklich glücklich, dass du es auch in diesen schweren Zeiten noch immer bist!" Tränen stiegen in ihre Augen. Ellen konnte ihrem Blick nicht standhalten. War sie das? Ellen war nicht sicher. Sie wandte sich ab und lief ins Esszimmer, wo Martin bereits bei einem Kaffee an dem großen, alten Tisch saß.

Er stand auf, um Ellen zu begrüßen. Sie fiel ihm in die Arme, drückte ihn ganz fest und sagte:

„Es tut mir so leid!"

Martin sagte gar nichts.

Brigitte kam herein, stellte auch für Ellen eine Tasse Kaffee auf den Tisch und setzte sich. Gleich darauf betrat Christina das Zimmer und nahm neben ihr Platz. Auch Ellen und Martin hatten sich hingesetzt. Ellen nahm die heiße Tasse in beide Hände und pustete in den Kaffee. Niemand sprach. Sie sah in die Runde. Die drei anderen wendeten ihre Blicke ab. Martin sah aus dem Fenster, Christina rührte ihren Kaffee und Brigitte spielte mit ihren Fingern.

Ellen räusperte sich. Dann fragte sie:

„Warst du schon im Krankenhaus, Martin?"

Er sah sie an und schüttelte den Kopf. Wieder war Ruhe. Ellen konnte die Stille kaum aushalten.

„Kann mir vielleicht irgendjemand erklären, was hier los ist?", fragte sie dann leise.

Niemand antwortete.

Das ticken der Uhr an der Wand wurde immer lauter und aufdringlicher.

„Wo willst du anfangen?", fragte Christina irgendwann mit einem zynischen Unterton.

„Vielleicht erst Mal bei den Medikamenten?", meinte Ellen vorsichtig.

Sie war sich gar nicht sicher, ob sie wirklich alles hören wollte. Irgendwie spürte sie etwas kommen. Wie wenn man einen Ballon aufbläst. Immer weiter und weiter und man weiß, er wird gleich platzen. Alles steht unter

Spannung und man erwartet den Knall. Man spürt ihn kommen. Jede weitere Frage, die sie stellte, kam einem weiteren Luftstoß in den Ballon gleich. Sie wusste, die dünne Haut, die ihre gewohnte Welt noch soeben zusammenhielt, würde nicht mehr lange halten.

Christina war betont kühl:

„Sie hat seit Jahren starke Anti-Depressiva genommen. Dazu kamen Herz-Kreislaufmittel und wenn´s ihr ganz mies ging hat sie sich auch gern mal aufgeputscht. Da kam´s halt drauf an, was zu kriegen war."

„Das weißt du doch gar nicht, Christina!", schimpfte Brigitte entsetzt.

„Oma, auch wenn du das nicht hören willst, ich bin mir ziemlich sicher. Ich kenne selbst auch einige ihrer `Künstlerfreunde´ und weiß auch, womit die tatsächlich ihr Geld machen."

Brigitte schüttelte den Kopf. Sie war den Tränen nah. Ellen tat es unendlich leid, sie so zu sehen.

„Na, jeden Falls,", lenkte Christina ein, „hat sie viel Verschiedenes genommen und davon zuviel! Und dann noch der Alkohol…"

„Aber warum?"

„Wie ich dir schon sagte, Ellen. Sie kam mit sich selbst nicht klar, wollte immer was darstellen, was ihr nicht entsprach. Das ständige Gieren nach etwas, das sie nie erreichen konnte, hat sie fertig gemacht."

„Was redet ihr denn da?", brach es aus Ellen heraus. „Wenn hier irgendjemand das Leben zu feiern wusste, dann doch Louise. Sie sah immer top aus, war immer gut drauf und hatte alles, von dem andere nur träumen."

„Was denn?" Wie soeben zum Leben erweckt, schaltete sich plötzlich auch Martin ein.

Ellen drehte sich ihm zu.

„Eine gute Ehe zum Beispiel!"

„Unsere Ehe war nicht gut."

Kurz war Ellen sprachlos. Dann sagte sie schnell: „In unserem Alter haben die meisten Paare Probleme."

Martin zog nur die Augenbrauen hoch.

„Aber sie hat immerhin auch noch ihren Job.", meinte Ellen.

Martin lachte hämisch.

„Sponsored by Daddy!"

„Was soll das?", fragte Ellen zornig. „Ihre Galerie läuft doch gut."

Genervt antwortete Martin: „Ihr Vater hat sie ihr gekauft, damit sie wenigstens irgendwas macht. Er hat eine Menge Geld da rein gepulvert und als er nicht mehr war, habe ich ihre Löcher gestopft, damit sie weiter ihr Unwesen in ihrem geliebten Jet-Set-Leben treiben konnte. Bis heute hat sie keine Ahnung von dem, was sie da macht. Die Galerie ist einzig und allein für sie eine Daseinsberechtigung in ihrer Glitzer-Traumwelt."

„Du weißt doch, dass sie nie zu Ende studiert hat, Ellen.", ergänzte Brigitte.

„Naja, ich dachte, sie hätte halt Talent."

Diesmal lachte Christina.

„Und ihre Tochter!", meinte Ellen dann. „Sie hat eine tolle Tochter. Auf die war sie immer Stolz."

„Auf das Bild von ihrer Tochter.", entgegnete Christina. „Das Bild, das sie sich von mir zeichnete. Wie ich dir auch schon sagte: wir haben seit fast vier Jahren keinen Kontakt."

„Ach ja!", sagte Ellen betroffen, „Was ist denn geschehen?"

Christina sah Ellen lange an. Dann sagte sie ganz ruhig:

„Es ging immer nur um sie." Dann etwas lauter: „Meinst du, es hat sie auch nur im Geringsten interessiert, was ich wollte? Ich meine, mit meinem Leben. Ich wollte nicht Kunst studieren. Ich wollte gar nichts studieren. Sie hatte einen Plan für mich. Ich sollte sein, wie sie es nie war aber immer wollte. Ich sollte ihr Leben schmücken. Nur darum ging es! Nur darum!"

Brigitte spielte wieder mit ihren Fingern, Martin sah wieder aus dem Fenster.

„Ja, aber, konntest du das denn nicht mit ihr klären? Vernünftig?"

„Ha!", machte Christina bloß.

„Ich meine,", erläuterte Ellen, „Ihr seid Mutter und Tochter. Ihr habt euch doch lieb. Das kann doch nicht…"

„Sie wollte mein Leben zerstören, weil es ihr nicht in den Kram passte!"

Brigitte sah auf. „Christina!"

„Stimmt doch!"

Brigitte sah wieder auf ihre Finger.

Christina wandte sich wieder Ellen zu.

„Du erinnerst dich an Jan?", fragte sie.

Ellen nickte.

„Meine große Liebe Jan?", setzte Christina nach.

Ellen nickte wieder. „Ihr wart damals lange zusammen. Als er dich verlassen hatte, hast du lange gelitten, stimmt´s?"

„Er hat mich verlassen, weil meine liebende Mutter ihm irgendwelchen Scheiß über mich erzählt hat."

„Was? Das kann doch nicht sein!"

„Doch! Genau so war es. Sein Traum war es, auszuwandern. Irgendwo ein kleines Hotel aufzumachen. Das ging für Mama gar nicht. Da musste er weg!"
Ungläubig wandte Ellen den Blick zu Martin und starrte ihn fragend an.

„Es stimmt!", sagte dieser. „Eines Tages, meldete sich Jan einfach nicht mehr. Das war für uns ein Rätsel. Christina litt unglaublich. Ich habe versucht, ihr zu helfen, ihn zur Rede zu stellen, aber er blockte ab, ließ sich nirgendwo mehr blicken. Louise fing gleich an, Christina anderweitig zu verkuppeln. Ich hielt das für ungeschickte Versuche, Christina auf andere Gedanken zu bringen. Aber irgendwann stellte sich heraus, dass Sie es war, die die Beziehung zerstört hatte."

„Unfassbar!", murmelte Ellen.
Martin erklärte weiter: „Sie wollte einen ´standesgemäßen´ Mann an ihrer Seite. Jan passte nicht in das Bild, das man von unserer Familie haben sollte."

„Aber ich konnte ihn nicht vergessen.", Christina erzählte weiter. „Irgendwann schaffte ich es endlich, ihn zu einer Aussprache zu überreden. Ich erfuhr, dass Mama ihm weiß gemacht hatte, ich sei längst verlobt, mit irgendwem, ich hätte ihn ausgenutzt. So sei ich schon immer gewesen. Er glaubte, ich hätte ihn überall schlecht gemacht, machte mich lustig über seine Naivität…all so Sachen, die ihn tief verletzt hatten. Ich konnte ihn von der Wahrheit nicht überzeugen."

Ellen schüttelte den Kopf.

„Dafür hasse ich sie!", rief Christina wütend.

Brigitte sah sie strafend an.

„Sie hat doch gesehen, wie ich gelitten habe. Wie kann man denn so sein?" Sie brach in Tränen aus.

Minutenlang rang sie um Fassung und sagte dann:

„Ich habe sofort meine Sachen gepackt und bin weg. Bei Mama habe ich mich nie wieder gemeldet. Unglaublicher Weise hat sie tatsächlich ab und zu versucht, wieder Kontakt zu mir aufzunehmen. Aber ich bin fertig mit Ihr. Mein Studium habe ich abgebrochen und bin ins Hotelfach. Vor allem, um Jan zu zeigen, wie ernst es mir ist mit ihm. Er sollte sehen, dass ich bereit war, seine Träume mit ihm zu leben."

„Und?", fragte Ellen vorsichtig, „Wie weit seid ihr da?"

„Jan ist inzwischen Manager einer großen Hotelkette…"

„Das ist doch super!", meinte Ellen.

„…und verheiratet mit der Tochter des Hoteliers."

„Oh!"

Wieder setzte Ruhe ein. Eine gefühlte Ewigkeit sagte niemand ein Wort.

In Ellens Kopf drehte sich alles.

Sicher, Louise war nie eine der emphatischsten Menschen gewesen, aber tut man seiner Tochter so etwas an? Oder der besten Freundin? Hatte Louise wirklich bei Ellen genauso Schicksal gespielt wie bei Christina?

Wieder schweiften ihre Gedanken ab.

Wäre Christoph womöglich ihre große Liebe gewesen? Christoph war der Mann, den sich Ellens junges, unbefangenes Herz ausgesucht hatte. Das musste doch richtig gewesen sein. Niemals im Leben hat man mehr so reine Gefühle und ist so nah bei sich selbst, wie zu dieser Zeit. So war es bei Christina und so war es bei ihr. Und beide Male war es das vollkommene Glück und Louise hatte es nicht ertragen und boshaft zerstört.

Jetzt hatte das Leben Ellen auf einmal diese zweite Chance gegeben.

Sie war sich jetzt sicher. Sie würde sie nutzen.

In diesem Moment klingelte Ellens Handy.

Sie wühlte in ihrer Tasche danach, während sie aus dem Zimmer lief. Das Display zeigte nur eine Nummer.

Christoph! – dachte sie und spürte einen aufgeregten Stich im Herzen.

Sie räusperte sich kurz, öffnete die Haustür und trat in den Vorgarten.

„Hallo?"

„Ellen! Ich…ich muss dich nochmal sehen. Ich habe Angst, dass du einfach so wieder verschwindest. Bitte! Können wir uns noch irgendwo treffen?"

„Ich nehme morgen die Mittagsfähre!", antwortete Ellen. Gleichzeitig überlegte sie, ob sie überhaupt nachhause fahren wollte. Hör auf dein Herz, Ellen! – sprach sie zu sich selbst - hör auf dein Herz…aber sie konnte zu ihren Gefühlen nicht vordringen.

„Wann hast du Zeit? Wo bist du?", fragte Christoph.

Ellen aber versuchte angestrengt herauszufinden, was das Richtige für sie war. Sollte sie sich einfach hineinschmeissen in das neue, alte Abenteuer? Einfach alles hinter sich lassen, der Leidenschaft folgen und noch mal von vorne anfangen? Das klang so wahnsinnig verlockend.

„Ellen? Kannst du nicht auch einfach noch bleiben?

„Ähm ja, nein, ich überlege…"

Vielleicht war das ja auch völliger Blödsinn. Vielleicht war sie total verblendet von dieser Verlockung. Was, wenn der langweilige Alltag ihr dieses schöne Bild vom Ausbruch malte und sie ins Unglück lockte? Wie würden die Kinder reagieren? Was würde aus Holger? Würde sie einen riesigen Scherbenhaufen hinterlassen? Und womöglich später alles bereuen? Die Gedanken drehten sich, schoben sich gegenseitig immer wieder beiseite.

„Ellen?"

„Ja, ich weiß nicht…"

„Bitte, fahr nicht wieder weg, als wäre nichts gewesen. Ich weiß, dass da bei dir auch noch was ist. Es ist auch für dich nie vorbei gewesen, Ellen. Wir haben uns doch nicht aus Zufall wieder getroffen. Jetzt, wo die Kinder groß sind. Wo wir noch mal neu anfangen können."

Ellens Herz raste.

„Ich weiß, dass du das auch fühlst!", redete Christoph weiter. „Ich weiß es!"

Ellen war den Tränen nah, wusste nicht, was sie wollte. Da fiel ihr Blick durch das Küchenfenster, wo Christina vor der Kaffeemaschine stand. Traurig schaute sie heraus zu Ellen und lächelte sie müde an. In ihren Augen erkannte Ellen das Gefühl wieder, den Schmerz der verlorenen großen Liebe.

„Ja!", sagte sie plötzlich überzeugt. „Das ist wohl ein Wink des Schicksals. Wir sollten diese Chance nicht verstreichen lassen."

„Du bleibst also?" Ellen konnte Christophs Erleichterung und Freude förmlich spüren.

„Ich will dich auf jeden Fall noch mal treffen. Ich weiß nicht, wie´s weitergeht…ich weiß nur, dass ich dich vermisst habe. Ja, ich glaube, ich habe dich die ganze Zeit vermisst.", brach es aus Ellen heraus.

Am andern Ende schloss Christoph die Augen und konnte sein Glück nicht fassen.

„Wann können wir uns sehen?", fragte er selig.

„Ich bin bei Louises Mutter. Ihre Familie ist hier und ich denke, wir haben hier noch so einiges zu klären. Das könnte ein sehr langer Abend werden. Ich melde mich, sobald ich was weiß. Aber rechne heute nicht mehr damit."

„Alles klar! Ich warte. Ich habe über zwanzig Jahre gewartet. Da werde ich diese Nacht auch noch schaffen." Ellen lachte.

„Jetzt wird endlich alles gut!", sagte Christoph.

„Ja, jetzt wird alles gut!", sagte Ellen. Dann legten sie auf.

Eine Zeit lang stand Ellen noch draußen. Sie musste verarbeiten, was da eben geschehen war. Sie hatte Christoph gestanden, dass es auch für sie nie wirklich vorbei gewesen war. Und sie würden sich treffen. Hatte sie wirklich verstanden, was das bedeuten könnte? Konnte sie das Ausmaß einer Entscheidung für einen Neuanfang wirklich überblicken? Sie war sich absolut nicht sicher. Aber es fühlte sich unglaublich gut an.

Ellen lehnte sich an die sonnengewärmte Häuserwand, schloss die Augen und atmete tief die samtige Luft ein. Auf einmal spürte sie Energie ihren Körper durchströmen. Glück und Freude schossen durch ihre Brust. Und Liebe. Sie konnte die Liebe wieder fühlen. Die Liebe zum Leben, zu sich selbst. Die Liebe zur Sonne, die weit hinten langsam im Meer versank. Sie liebte spürbar diese Insel, die Bäume, diese herrliche Brise. Und den kleinen Schmetterling, der vorbeiflog, den liebte sie auch. Sie hatte endlich wieder Lust auf morgen, auf alles, was kommt. Und es würde noch viel kommen!

Das Leben war noch längst nicht vorbei! Es war gerade mal Halbzeit. Alles noch drin! Vielleicht ging es auch gerade erst richtig los!

28

Aber zunächst galt es jetzt, die Geschichte mit Louise aufzuklären. In diesem Fall war Ellen nämlich von neu entdeckter Liebe noch weit entfernt. Tief enttäuscht, wie sie war, konnte sie im Moment für ihre `Freundin´ nicht viel mehr als Verachtung empfinden. Ob diese bestenfalls noch in Mitleid umschwenken würde, wollte Ellen jetzt in Erfahrung bringen.

Bevor sie aber wieder zu den anderen stoßen würde, sollte sie wohl fairerweise Holger Bescheid geben, dass sie womöglich morgen, oder in nächster Zeit, noch nicht zurückkommen würde.

Sie wählte Holgers Nummer aber sein Handy war nicht erreichbar. Ob er schon wieder in der Praxis war? Manchmal erledigte er am Wochenende dort noch einigen Papierkram. Also rief sie kurzentschlossen in der Praxis an.

Es klingelte lange. Eben wollte der Anrufbeantworter anspringen und Ellen wollte auflegen, da hörte sie, wie jemand abnahm.

„Praxis Dr. Herbst. Sie sprechen mit Birgit Baumann."

„Birgit? Hier ist Ellen. Was machst du denn in der Praxis am Wochenende?"

„Ach, Ellen! Ja, also, Arbeit gibt´s ja immer…" Birgit wirkte gequält.

„Ist Holger auch da?"

„Äh, nein!"

„Aha! Weißt du, wo er stecken könnte? Ich kann ihn nicht erreichen."

Stille!

„Birgit?"

„Ach, Scheiße, Ellen! Ich glaub, da ist was im Busch!", rief sie plötzlich weinerlich.

„Was? Was ist denn los?" Ellen wurde nervös.

Birgit seufzte einmal ganz tief und begann zu erzählen:

„Holger hat mich angerufen und gesagt, er sei morgen und wahrscheinlich auch Montagmorgen nicht zu erreichen, weil er wegmüsse. Darum bin ich jetzt hier, um Termine zu verschieben oder auf Kollegen zu verweisen."

„Aha!", machte Ellen nur. Was hatte das jetzt zu bedeuten? Sie ahnte, dass er sich ihre Abwesenheit zu Nutze machte, was ihr einen Stich ins Herz versetzte.

Dann wurde Birgit ernst: „Ellen, ich muss dir was sagen!"

„Na, sag schon!", meinte Ellen ungeduldig.

„Ich glaube, da läuft was mit Helena. Es tut mir so leid!" Birgit schniefte und Ellen wurde schwindelig.

„Warum meinst du das?"

„Die war ja schon immer scharf auf ihn. Sie hat es mir sogar gesagt und behauptet, sie hätten sich zum Kaffee getroffen und so...und dann hat Holger mich weggeschickt. Sie sollte noch bleiben, weil sie angeblich was besprechen mussten. Ja, klar! Ich bin doch nicht blöd! Das war gestern. Ich will gar nicht wissen, was die hier gemacht haben...und jetzt soll ich ihn hier frei boxen. Bestimmt trifft er sich mit ihr. Jetzt, wo du nicht da bist.

Vielleicht fahren sie irgendwo hin, was weiß ich…" Es sprudelte nur so aus Birgit heraus.

Das war hart! Ellen musste sich eingestehen, dass sie schwer getroffen war. Und das, obwohl sie soeben beschlossen hatte, mit ihrer alten Liebe ein neues Leben anzufangen. Eigentlich spielte ihr das Ganze doch voll in die Karten. Warum warf sie das so aus der Bahn?

„Birgit, danke für deine Offenheit. Ich muss sehen, was ich da jetzt mit mache…sag ihm…ach, sag ihm gar nichts. Ich habe nie angerufen, ok?

„OK!"

„Tschüss Birgit!"

„Tschüss!"

Ellen lehnte sich wieder an die Hauswand, die inzwischen nicht mehr wohlig warm war, weil die Sonne bereits tief ins Meer getaucht war und nur noch Schatten in den Vorgarten warf.

Schon war die klare Sicht von eben wieder vernebelt. Dieses Hin und Her ihrer Gefühle, diese Unentschlossenheit machte sie fast wahnsinnig.

Was war denn bitte mit ihr schiefgelaufen, dass sie mit Ende vierzig immer noch nicht in der Lage war, klare Entscheidungen zu treffen? Langsam war es mal an der Zeit, herauszubekommen, was sie wirklich wollte vom Leben. Mit 85 würde ihr das wohl nicht mehr ganz so viel bringen.

In diesem Moment trat Martin aus der Tür.

„Störe ich?"

„Nein! Gar nicht!"

Martin zog eine Schachtel Zigaretten aus der Hosentasche, steckte sich eine an und hielt Ellen stumm die Schachtel hin.

„Ja!", sagte Ellen, „Ich habe zwar bestimmt zwanzig Jahre nicht geraucht, aber das ist jetzt genau das Richtige!" Als Martin ihr das Feuerzeug vor die Zigarette hielt, nahm sie einen tiefen Zug und rechnete mit einem heftigen Hustenanfall. Doch bis auf einen leichten Schwindel, fühlte es sich an, als hätte sie nie damit aufgehört.

„Oh Mann! Das tut echt gut!", sagte sie.

Beide pusteten eine Zeit lang stumm einige Rauchschwaden in die letzten orangefarbenen Sonnenstrahlen.

„Was denkst du eigentlich von mir?", fragte Martin plötzlich.

Jetzt überkam Ellen doch der Husten, was ihr etwas Zeit verschaffte, die unerwartete Frage zu verarbeiten.

Als der Hustenreiz nachließ, fragte sie:

„Wie meinst du das?"

„Naja, wenn Louise es hinbekommt, dass ihre beste Freundin ein Bild von ihr hat, das nicht im Ansatz der Wahrheit entspricht, dann stellt sich mir die Frage, wie ich wohl all die Jahre dargestellt wurde."

„Verstehe!"

Beide zogen wieder an ihren Zigaretten.

„Und?", fragte Martin nach einer Weile als Ellen keine Anstalten machte, zu antworten.

„Da muss ich, ehrlich gesagt, erst mal nachdenken."

„Ich will die Wahrheit. Du sollst nicht überlegen, was da jetzt am nettesten rüberkommt."

„So meine ich das nicht.", sagte Ellen und bliess noch einmal Rauch aus. „Du hast tatsächlich nur eine kleine Nebenrolle gespielt und ich muss zugeben, dass ich mir über dich wenige Gedanken gemacht habe. Irgendwie hatte ich bisher wohl noch nicht mal eine richtige Meinung von dir."

„Hm!", machte Martin.

„Weißt du, Lou erzählt halt hauptsächlich von sich selbst. Mal hast du sie genervt, mal auf Händen getragen. Das ergab für mich kein objektives Gesamtbild. Verstehst du, was ich meine? Bei Holger war das schon anders. Er war dein Kumpel. Ehrlich gesagt, hat er sogar oft gesagt, er hätte ein schlechtes Gewissen, dich mit Louise verkuppelt zu haben. Er meinte, du hättest es auch besser treffen können. Ich habe Lou dann meistens verteidigt. Aber ich wusste ja nicht…"

„Christina ist nicht von mir.", unterbrach er sie.

Ellen fiel fast die Zigarette aus dem Mund. Sie meinte, nicht richtig gehört zu haben.

„Was?"

„Christina ist nicht von mir.", wiederholte Martin emotionslos.

„Sag mal! Bin ich hier bei `Versteckte Kamera´ oder so? Ihr wollt mich doch alle verarschen! Was soll das denn jetzt wieder?"

„Ich habe ihr gut in den Kram gepasst. Ich war Anwalt, wie ihr Vater. Er mochte mich, ich konnte seine Kanzlei übernehmen, ihr ein gutes Leben ermöglichen, all sowas. Aber ich wollte sie nicht. Da hat sie sich schwängern lassen und behauptet, es wäre von mir. So einfach ist das."

„Also echt! Jetzt reicht´s aber, Martin!"

Damit warf Ellen den Zigarettenstummel auf die Erde, trat ganz heftig drauf herum und drehte dann ab, zurück ins Haus.

Brigitte und ihre Enkelin saßen noch am Tisch im Wohnzimmer und schauten Ellen fragend an, als sie aufgeregt hineinpolterte.

„So!", sagte Ellen aufgebracht. „Ich möchte jetzt ganz langsam der Reihe nach erfahren, was hier passiert ist, bevor hier noch weiter irgendwelche wilden Behauptungen aufgestellt werden."

Die beiden starrten sie weiter an. Ellen zog einen Stuhl vom Tisch und setzte sich. Auch Martin kam zurück ins Wohnzimmer, blieb aber an der Tür stehen und lehnte sich betont gelassen an den Türrahmen.

„Jetzt mal ehrlich! Louise ist sicher keine Heilige, aber sicher auch nicht das Monster, als das ihr sie hier darstellt."

Niemand antwortete. Nur die Uhr tickte unbeeindruckt weiter.

„Oder was?", fügte Ellen dann wesentlich kleinlauter hinzu.

Sie sah Martin an. Der zuckte nur mit den Schultern und sah zu Boden. Dann sah sie fragend zu Christina, die auch den Blick abwendete.

„OK! Brigitte! Würdest du mir bitte die ganze Geschichte erklären? Warum liegt Lou jetzt da? Warum ist sie denn nach so langer Zeit dann doch zusammengebrochen? Ich meine, sie hatte doch ein bombenfestes Konstrukt zusammengebaut. Ich war doch nicht die Einzige, die ihr immer alles abgenommen hat. Warum ist ausgerechnet jetzt alles zusammengebrochen? Gab es einen Auslöser?"

Brigitte räusperte sich und sagte dann: „Auslöser war ein Test, den Martin in Auftrag gegeben hat und der bestätigte, was wir lange vermutet aber alle totgeschwiegen hatten."

Ellen traute ihren Ohren nicht.

„Es stimmt tatsächlich? Ist es wahr, was Martin mir eben erzählt hat? Christina…"

„Genauso ist es!", schaltete Martin sich ein. „Wir hatten mal wieder einen heftigen Streit. Wie so oft. Es war schlimm. Diesmal ging es um Christina. Sie wollte mir auch den Umgang mit ihr verbieten, solange sie nicht reumütig zurückkäme. Ich wollte das nicht akzeptieren, wir haben uns auf´s Übelste beschimpft. Dann hat sie auf einmal geschrien, ich hätte mich da gar nicht einzumischen, Christina wäre ja nicht mal meine Tochter!"

Christina liefen Tränen über die Wangen, als sie erklärte: „Papa hat mich dann angerufen und mir alles erzählt. Wir haben dann zusammen den Test gemacht."

„Für uns beide ist eine Welt zusammengebrochen.", sagte Martin, der auch mit den Tränen kämpfte.

Als er sich wieder etwas gefangen hatte, erzählte er weiter: „Ich habe diese verkorkste Beziehung all die Jahre nur wegen Christina aufrechterhalten, verstehst du? Und für Louises Eltern, vor allem für ihren Vater, der so glücklich war, durch mich die Kanzlei in der Familie halten zu können. Ich fühlte mich ihm verpflichtet. Er und Brigitte haben immer alles für uns getan und Louise hat es immer mit den Füssen getreten!"

Auch Brigitte schluchzte.

„Und dann?", fragte Ellen.

„Dieser Streit war der Grund, warum Louise mit dir hierhergefahren ist. Wenn´s brenzlich wurde, ist sie immer abgehauen!"

„Ich habe ihr nichts angemerkt.", überlegte Ellen. „Sie war wie immer."

„Gestern kam das Testergebnis. Ich habe mit ihr telefoniert und gesagt, dass ich mich trennen werde. Ich denke, damit konnte sie nicht umgehen. Sie wusste, dass sie jetzt auffliegen würde."

Ellen konnte es nicht fassen, wie sehr ihre `Freundin´ sie all die Jahre blenden konnte. Viel schwerer aber war es noch, zu begreifen, wie sehr sich Menschen, denen es augenscheinlich gut ging, Leid antun konnten. Bis zur völligen Selbstaufgabe.

Sie hatte noch viele Fragen und als sie einige Stunden über Louise gesprochen hatten, lockerte sich die Stimmung. Man erzählte sich auch voneinander oder von Leuten, die man gemeinsam kannte. Schließlich hatten sich alle lange nicht gesehen. Der Abend verging, der Kaffee war längst dem Wein gewichen und es war schon recht spät, als Ellen sich auf den Weg ins Hotel machte.

Sie schlenderte nachdenklich durch die sanft beleuchteten Straßen und überlegte gerade, ob sie sich jetzt noch bei Christoph melden sollte, als ein kleiner Hund an ihr vorbeiflitzte.

Gleich darauf bog Susanne um die Ecke, die vergeblich versuchte, den Hund zurückzurufen.

„Hey, Susanne!", sagte Ellen überrascht.

„Oh, Ellen! Hi! Ich muss eben hinter der dämlichen Töle hinterher. Wenn die ihr Zuhause sieht, ist die nicht mehr zu halten.", schimpfte Susanne im Vorbeigehen.

„Hast du's eilig? Komm doch kurz noch mit!", rief sie dann von Weitem.

„Ich weiß nicht. Hatte einen harten Tag.", murmelte Ellen.

Ein paar Häuser weiter hinten öffnete Susanne ein Törchen zum Vorgarten eines kleinen, roten Hauses.

„Hier wohne ich schon!", rief Susanne. „Komm doch kurz! Stimmt das mit Louise?"

Oh Mann, das geht hier ja wirklich schnell mit der Information - dachte Ellen und lief die Straße zurück.

„Dafür, dass wir uns so viele Jahre nicht gesehen haben, laufen wir uns jetzt aber ganz schön oft über den Weg!", sagte sie als sie auf Susanne zukam, die ihr bereits die Haustür aufhielt.

Susanne lachte und Ellen trat ein.

Das kleine Haus war sehr gemütlich. Ein schmaler Flur führte in ein umso geräumigeres Wohnzimmer, das direkt in Esszimmer und Küche überging. Wenige Wände ließen die Wohnfläche größer erscheinen, als sie war. Eine perfekte Wohnung für einen Singlehaushalt - dachte Ellen. Schließlich braucht man keine Türen und Rückzugsorte, wenn man allein ist. Die Dekoration war nicht überladen und trug eine eindeutig weibliche Handschrift, was sehr liebevoll wirkte. Ellen konnte sich gut vorstellen, so zu leben. Diese Tatsache schmälerte gleich ihre Angst, allein zu sein, sollte ihre Ehe scheitern.

Es brauchte nicht lange, bis sie überredet war, auf ein Glas Wein zu bleiben. Die beiden hatten sich auch früher immer gut verstanden. Vielleicht war Susanne Ellen eigentlich eine viel bessere Freundin gewesen als Louise es je war. Diese hatte aber durch ihr vereinnahmendes Wesen immer eine größere Rolle gespielt.

So dauerte es nicht lange, bis Ellen ihr das Herz ausschüttete.

Von Louise erzählte sie nicht viel. Susanne erfuhr, dass sie wegen eines Medikamentencocktails im Krankenhaus war und dass sie womöglich psychisch angeschlagen sei. Ellen hielt es nicht für richtig, Lous Geschichte breitzutreten.

Umso mehr brannte sie darauf endlich ihr Dilemma mit jemandem besprechen zu können, dem sie vertraute und der objektiv war.

So erzählte sie von ihrem Treffen mit Christoph, von Holgers Affäre und dem drohenden Ende ihrer Ehe. Sie schwärmte von den wiederaufgeflammten Gefühlen, von

Leidenschaft und Begierde. Susanne hörte aufmerksam zu und ließ sich mitreißen in die erfrischende Gefühlswelt, die Christoph in Ellen neu erweckt hatte.

„Mensch, Ellen! Das ist doch fantastisch! Wer bekommt denn schon so eine zweite Chance?"

Ellens Wangen glühten vor Aufregung.

„Meinst du wirklich? Ich bin so hin- und hergerissen. Ich meine, Holger und ich, wir waren zwanzig Jahre zusammen. Da hat man viel durchgemacht zusammen."

„Ja, das ist richtig. Aber erstens liegt es womöglich eh nicht in deiner Hand, ob eure Ehe zu retten ist, wenn er sich schon umorientiert hat und zweitens ist das halt auch die Vergangenheit. Und, mal ganz ehrlich, führst du eine Beziehung für die Vergangenheit oder für die Zukunft?"

„Du hast recht. Jetzt, nach der Halbzeit, sollte man einen Strich ziehen, resümieren, bestenfalls draus lernen und nach vorne sehen. Nur noch nach vorne!"

„Richtig so! Langeweile war gestern! Stürz dich ins Abenteuer!"

Susanne füllte die Gläser neu und sie stießen lachend an.

„Apropos Abenteuer: Was macht Christoph eigentlich beruflich? Er wollte doch auf keinen Fall einen öden Alltag!"

„Hm. Gute Frage!"

„Du bist ja sicher finanziell abgesichert. Über Holger, meine ich."

„Also eigentlich wollte ich nicht von Holger leben müssen, wenn ich mich von ihm trenne. Das wäre ja irgendwie blöd."

„Sicher! Das würde aber bedeuten, dass entweder du einen lukrativen Job findest oder Christoph dich aushält."

„Was mein Stolz auch nur ungern zulassen würde."

Ellen starrte gedankenverloren in den Rotwein, den sie sanft in ihrem Glas umherschwenkte.

„Ach, spielt ja auch keine Rolle!", warf Susanne ein. „Ihr beide konntet früher auch nur von Luft und Liebe leben." Sie zwinkerte Ellen zu, in der Hoffnung, deren getrübte Stimmung wieder aufhellen zu können.

„Tja! Früher! ", meinte die dann nachdenklich, „Da habe ich mir um sowas gar keine Gedanken gemacht. Ich bin mir jetzt gar nicht mehr so sicher, ob ich meinen Lebensstandard ohne Weiteres herunterschrauben wollte. Man müsste dann wohl noch mal ganz von vorne anfangen. Ob das so einfach wird? Mit Ende Vierzig?"

„Hallo? Worum geht´s denn hier? Um die große Liebe oder um ein abgesichertes Leben in Langeweile?" Ellen überlegte kurz, kniff dann die Augen zusammen und nickte heftig.

„Um die große Liebe geht es! Und irgendwie hat er die letzten Jahre ja auch gelebt und ich werde doch irgendeinen Job finden. Oder?"

„Klar!"

„Die Kinder sorgen so gut wie für sich selbst und wir müssen nur noch selbst klarkommen!"

„Ganz genau!"

Susanne stand auf, hielt ihr Glas hoch und rief:

„Auf die Liebe!"

Ellen sprang auch auf und stieß an.

„Auf die Liebe!"

Wie so oft in den letzten Tagen, erwachte Ellen mit Kopfschmerzen. Sie stöhnte, als sie bemerkte, dass sie noch immer in dem Hotel auf Wesum war und musste sich selbst eingestehen, dass sie jetzt wirklich gern zuhause wach geworden wäre. Sie dachte an ihr Bett, an ihr lichtdurchflutetes Wohnzimmer und an den Hängesessel im Garten, in dem sie so gern ihren zweiten Kaffee trank, wenn alle aus dem Haus waren. Dann dachte sie an Holger und spürte, wie ihr Herz ganz schwer wurde.

Liebte er sie wirklich nicht mehr? Und liebte sie ihn wirklich nicht mehr?

In dem Moment piepte ihr Handy.

„Guten Morgen! Schläfst du noch? Lange kann ich doch nicht mehr aushalten! Ich freu mich auf dich!

Christoph",

stand in der Nachricht. Und gleich schickte er noch ein dickes rotes Herz hinterher.

Ellen freute sich wie ein Teenager darüber und schrieb gleich zurück.

„Bin eben aufgewacht. War spät gestern. Gehe noch ins Krankenhaus. LG Ellen"

„Um 12 an unserem Strand?"

„OK! Das schaffe ich!"

„Ich werde warten!"

„Diesmal werde ich kommen!"

Ellens Herz hüpfte vor Glück und Aufregung.

„Ja!", rief sie aus! Diesem Gefühl wollte sie nachgeben und sich einfach mal wieder herrlich treiben lassen.

Sie sprang auf und eilte ins Bad.

„Du hast ja nur Schiss, deine Komfortzone zu verlassen!", beschimpfte sie ihr Spiegelbild.

Nachdem Ellen schnell gefrühstückt, ausgecheckt und ihr Gepäck an der Rezeption abgegeben hatte, machte sie sich auf, Louise zu besuchen.

Ihr war ein wenig mulmig zumute. Schließlich wusste sie gar nicht, was sie erwartete. Wie würde es Louise gehen? Würde sie überhaupt ansprechbar sein? Wenn ja, wie würde sie auf Ellen reagieren? Ellen hatte nicht einmal eine Vorstellung davon, wie sie selbst reagieren würde. Sie spürte gar nichts, wenn sie an Louise dachte. Keine Sorge oder Erleichterung, dass sie noch einmal die Kurve gekratzt hatte, aber auch keine Verachtung oder Wut. Da war einfach gar nichts. Stoisch lief sie durch die Straßen. Das gleichmäßige Klackern ihrer Schritte hallte durch die verschlafene Sonntagmorgen-Stimmung der Stadt.

Das Krankenhaus kam ihr schon etwas vertrauter vor als gestern, aber, um den Irrungen und unnötigen Umwegen vom Vortag zu entgehen, erkundigte sie sich an der Pforte noch mal nach der Zimmernummer und dem direkten Weg dorthin.

Entgegen der Stille auf den Straßen, war hier drin schon einiges los. Ärzte und Schwestern wuselten herum und drängten sich eilig an Rollator schiebenden Bademantelträgern vorbei.

An Louises Zimmer angekommen, klopfte Ellen ohne zu zögern an und öffnete auch gleich vorsichtig die Tür.

Ihr Blick fiel direkt auf Louise, die aufrecht im Bett saß und erwartungsvoll zur Tür sah. Als sie Ellen erkannte, lächelte Louise sofort. Es mag am fehlenden Make-up gelegen haben, aber dieses Lächeln kam Ellen ehrlicher vor als alle, die sie jemals vorher bei Louise gesehen hatte. Ellen strahlte zurück, lief mit offenen Armen auf Louise zu und drückte sie vorsichtig, um nicht einen der Schläuche abzureißen, die noch an verschiedenen Stellen an Louises Körper befestigt waren. Lange hielten sich die beiden Frauen so fest, wohl auch, um nichts sagen zu müssen.

Irgendwann lösten sie sich doch, sahen sich dann aber noch eine Zeit lang schweigend an, jeder in der Hoffnung, der andere würde das Gespräch beginnen.

So ungeschminkt wirkte Louise wie ein anderer Mensch. Vielleicht kam es Ellen aber auch nur so vor, weil sie ihre Sandkastenfreundin nach all den neuen Informationen ganz anders sah.

Ellen fasste sich ein Herz.

„Wie geht es dir?"

Mit einem Mal liefen Louise riesengroße Tränen die Wange herunter. Sie schlug die Augen nieder, räusperte sich, konnte aber noch immer keinen Ton herausbringen.

„Hey, alles wird gut jetzt, Lou. Bestimmt!", versuchte Ellen, sie zu beruhigen.

Louise schüttelte den Kopf. Dann sah sie auf und sagte:

„Ich bin ein schlechter Mensch, Ellen!"

Wieder musste sie weinen.

Ellen nickte, sagte dann aber:„Jetzt übertreib nicht. Außerdem ist es nie zu spät, was zu ändern."

Louise hatte sich ein wenig gefangen.

„Hast du mit Martin gesprochen?"

„Ja, und mit Christina und deiner Mutter."

„Oha! Dann nehme ich an, du bist im Bilde?"

Wieder nickte Ellen.

„Ganz schön harter Tobak!"

Verzweifelt warf Louise ihren Kopf zurück und blickte an die Decke. Die Tränen liefen unaufhörlich auf ihr Kissen.

„Ich weiß auch nicht…Ich…"

„Du musst jetzt erst mal gesund werden, Lou… Aber dann wirst du wohl so einiges erklären müssen."

Sie zog sich einen Stuhl an Louises Bett und strich ihr eine tränenverklebte Strähne aus dem Gesicht.

„Ich weiß ja selbst nichts, Ellen! Ich weiß nicht, warum das alles so gekommen ist. Warum bin ich so? Ich weiß nicht mal, wer ich überhaupt bin!"

„Ich schätze, du wirst dir Hilfe holen müssen, um das alles herauszufinden."

„Wofür? Es ist alles kaputt. Meine Familie, mein Leben…alles im Arsch, verstehst du?"

„Louise, ganz ehrlich, das ist es ja nicht erst seit gestern. Wenn das alles so stimmt, wie man mir erzählt hat, waren deine Familie und dein Leben von Anfang an auf Sand gebaut."

Bei allem Verständnis, das Ellen erstaunlicherweise für Louises Situation aufbringen konnte, sie würde sie sicher nicht darin unterstützen, sich in Selbstmitleid zu suhlen.

191

Louise schlug die verkabelten Hände vors Gesicht und schluchzte.

Ellen stand auf und sah aus dem Fenster. Der Frühnebel lag heute besonders träge über der Insel. Noch immer konnte die Sonne sich nur vereinzelt und ganz schwach durchkämpfen.

In Ellen sah es ähnlich aus.

„Dich habe ich auch verraten, Ellen!", gestand Louise plötzlich.

Ellen drehte sich um und sah sie an. Louise versuchte, ihrem Blick standzuhalten. „Es war wie ein Zwang. Immer wieder! Ich wollte…ich konnte nicht…"

Sie wischte über die nassen Wangen, sammelte sich kurz und versuchte weiter zu erklären: „Ich war so neidisch."

Ellen schüttelte verständnislos den Kopf.

„Verstehst du nicht?", fragte Louise. „Ich habe dich immer ehrlich liebgehabt und ich habe dich so bewundert."

„Was? Wofür?"

„Für deine selbstverständliche Art, für deine Leichtigkeit…aber dann kam der Neid und der war so groß und so böse…es tut mir so leid, Ellen!"

„Lass uns da später mal drüber reden! Ich …muss jetzt gehen."

Louise nickte erleichtert. „Nimmst du die Mittagsfähre?"

„Ich weiß noch nicht."

Ellen lächelte ihr noch einmal zu und lief zur Tür.

„Eins noch!", rief Louise, als sie soeben die Klinke drücken wollte.

„Du hast einen tollen Mann, Ellen. Eine Ehe, wie ihr sie habt, wollte ich immer haben. Ihr wart euch immer nah, konntet euch aufeinander verlassen und vertrauen. Das ist so unglaublich viel Wert." Bevor Ellen etwas dazu sagen konnte, sprudelte es weiter aus ihr heraus: „Die Sache mit der Sprechstundenhilfe habe ich nur erzählt, weil ich so neidisch war. Das tut mir so leid! Damit hätte ich was ganz Großes zerstören können. Es war einfach erfunden."

„Glaub mir Louise, so falsch hast du da nicht gelegen."

„Nein, Ellen! Das stimmt nicht. Ich hab´s mir ausgedacht. Ehrlich!"

„Es ist viel passiert in diesen Tagen. Auch für mich hat sich einiges geändert."

„Ellen, halt deinen Mann fest. Versprich mir das! Eure Ehe ist Gold wert!"

„Es ist aber nicht alles Gold, was glänzt! Das müsstest du doch am besten wissen."

Damit drehte sie um und verließ das Zimmer.

Auf dem Flur hielt sie noch einmal nachdenklich inne, lehnte sich erschöpft an eine Wand. Sie schloss die Augen und seufzte ganz tief.

Louises Worte passten ihr gar nicht. Endlich hatte sie sich zu einer Entscheidung durchgerungen. Endlich wusste sie, dass sie neu anfangen wollte. Sie gierte schon so lange nach Leben, nach Aufregung, nach Leidenschaft und jetzt war es ihr erst bewusst geworden. Die Begegnung mit ihrer großen Liebe Christoph hatte ihr die Augen geöffnet und sie würde endlich loslassen.

Warum musste Louise ihr ausgerechnet jetzt so ins Gewissen reden?

Sie schüttelte heftig den Kopf, als könne sie Louises `guten Rat´ so einfach abwerfen.

„Geht's Ihnen nicht gut?", krächzte da jemand neben ihr. Ellen musste hinuntersehen, denn da stand eine sehr kleine, alte Dame auf einen Rollator gelehnt und sah sie besorgt an.

„Doch! Alles gut! Vielen Dank!"

„Mia, nun komm!", rief jemand von Weitem.

Die alte Frau verdrehte die Augen und zwinkerte Ellen zu.

„Männer! Das ändert sich nie.", sagte sie du rief dann lauter:

„Ja, ja, ne alte Frau ist ja kein D-Zug!"

Damit wendete sie geschickt ihre Gehhilfe. Der sympathische, alte Mann, der ihr entgegenlief, führte einen Tropf mit sich. Als beide auf gleicher Höhe waren, bogen sie gemeinsam ab in den Flur Richtung Park. Der Mann nahm den Tropf in die rechte Hand und legte den anderen Arm um die Schulter seiner kleinen Frau. Die schmiegte den Kopf an seinen Arm und er gab ihr einen Kuss. Für Ellen ließ sich nicht erschließen, ob nur er oder vielleicht auch beide Patienten des Hauses waren. Aber, wie es aussah, spielte das auch keine Rolle. Sicher würden sie einfach jedes Schicksal teilen, dachte Ellen.

Das war so romantisch. So hatte sie sich das eigentlich auch vorgestellt. Die große Liebe bis ins hohe Alter. Damals bei ihrer Hochzeit mit Holger. Jetzt sah es aber so aus, als wäre doch Christoph dieser Mann, der sie glücklich machen würde bis ans Ende ihrer Tage. Womit sich ihr wieder die Frage auftat, ob überhaupt ein Mann für ihr Glück zuständig war, oder ob es nicht doch eher auch an der Zeit war, selbst die Verantwortung für das eigene

Leben in die Hand zu nehmen. Aber das würde mit der Trennung von Holger und ihrem goldenen Käfig einhergehen.

Immer noch sah sie dem alten Paar hinterher, das jetzt endlich das Ende des langen, fensterlosen Flurs erreicht hatte.

Wann fing das eigentlich an, das hohe Alter? Plötzlich überkam Ellen das Gefühl, dass sie gar nicht mehr so weit weg war, von den beiden alten Leuten, die wohl nicht mehr ganz so viel Zeit miteinander verbringen können würden. Das ging alles so fürchterlich schnell. Wenn sie nochmal was drehen wollte, dann jetzt! So bald wie möglich! Wahrscheinlich war genau das jetzt die letzte Chance. Die letzte Ausfahrt auf der Lebensautobahn. Dabei war sie doch gerade erst losgefahren. Sie hatte sich nie Gedanken darüber gemacht, wie viele Abfahrten und Kreuzungen noch kommen würden. Da war doch immer noch so viel Weg vor ihr. Wie war sie denn auf einmal hierhergekommen? Den größten Teil der Strecke, die hinter ihr lag, hatte sie irgendwie gar nicht mitbekommen. Wo war der ganze Weg hin? Wo die Zeit?

Klar! Man weiß, dass man älter wird. Auch Ellen wusste, dass das irgendwann kommt. Aber wirklich damit gerechnet hatte sie nicht. Sie war immer jung gewesen. Sie dachte, das gehörte zu ihr wie dunkle Haare und kleine Füße. Sie war Ellen, die dunkelhaarige, junge Frau mit den kleinen Füssen. Unterwegs auf dieser endlos langen Straße in ein erfülltes Leben.

Und jetzt war da schon die letzte Möglichkeit, das Ziel zu ändern? Über das Ziel hatte sie auch nie wirklich nachgedacht. Was, wenn sie jetzt falsch abbiegen würde?

„Nein!", sagte sie sich. „Der Weg ist das Ziel! Egal, wie lang er noch ist!"

30

Es war bereits viertel nach elf, als Ellen noch einmal das Hotel betrat. Bevor sie zum Strand runter ging, wollte sie sich noch einmal frisch machen.

Die freundliche Dame von der Rezeption wies ihr den Weg in einen kleinen Raum, in dem ihr Gepäck abgestellt war.

Hier gab es sogar eine Dusche und Ellen überlegte kurz, was sie vom heutigen Tage noch so erwartete - allein enthaarungstechnisch wäre sicherlich noch Verbesserung möglich- entschloss sich aber dann, mangels Zeit, doch für das kurze Aufhübschungsprogramm.

Während sie das Make-up auflegte, wuchs in ihr die Aufregung. Ihr Herz begann zu rasen und in ihrem Bauch kribbelte es als hätte sie eine Ameisenarmee verschluckt. Dieses Gefühl hatte sie fast vergessen und sie war auch nicht sicher, ob sie es jemals als angenehm empfunden hatte. Jetzt machte es sie jedenfalls fast wahnsinnig. Außerdem zitterten ihre Hände, was das Schminken nicht leichter machte.

Mehrmals musste sie die Mascara vom Oberlid wischen, so nervös machte sie das bevorstehende Treffen.

Wie würden sie sich begegnen? Nachdem sich beide gestanden hatten, noch etwas füreinander zu empfinden, hatte Ellen beschlossen, sich voll auf das einzulassen, was da auch immer kommen wolle. Sie war bereit ihr ganzes

Leben zu ändern. Aber das war Christoph womöglich noch gar nicht bewusst.

Plötzlich stieg Hitze in ihr auf. Hatte er eigentlich irgendwann geäußert, dass er mit ihr zusammen sein will? Gut, er hatte sie nie vergessen können und war damals tief getroffen. Und geküsst hatte er sie auch voller Leidenschaft. Aber war er bereit für eine Beziehung mit ihr? Wie konnte sie das nur einfach so voraussetzen? Oh, mein Gott! Sie war so durcheinander.

Viertel vor zwölf! Jetzt wurde es langsam Zeit zum Strand runterzulaufen. Schnell noch ein paar Spritzer Parfum und los!

Halt, sie musste dringend noch einmal zur Toilette.

Danach noch einmal ein paar Spritzer Parfum. Jetzt musste sie sich schon beeilen, wenn sie ihn nicht warten lassen wollte. Und das wollte sie ihm auf keinen Fall antun.

Schnell stopfte sie Kulturbeutel und Bürste in den Koffer, schnappte sich ihre Handtasche und eilte los.

Mit einem lauten Knall schmiss sie die Tür hinter sich zu und flitzte an der Rezeption vorbei.

„Auf Wiedersehen!", rief die nette Rezeptionistin ihr noch hinterher.

„Ja, Tschüss!", rief Ellen und drehte sich winkend noch einmal um zu ihr und dem Herrn, der da…

„Holger?"

In diesem Moment schloss sich die Automatiktür direkt vor ihrer Nase. Allerdings stand Ellen draußen und sah jetzt mit offenem Mund ungläubig durch die Scheibe zu ihrem Mann und der Dame an der Rezeption, die sich beide ein Lachen nicht verkneifen konnten.

Ellen stand zu nah vor der Tür. Der Sensor nahm sie nicht wahr und so blieb die Tür verschlossen.

In ihrem Hals bildete sich ein dicker Kloß und schlagartig überkam es sie und sie begann fürchterlich zu weinen.

Da stand er. Ihr Fels in der Brandung. Ihr Zuhause.

Sie gehörte zu ihm. Das spürte sie jetzt so deutlich, wie noch nie.

Wie er dastand an diesem verfluchten Ort. Hier, wo sich alles Altbekannte verändert hatte und nichts mehr verlässlich schien, war er auf einmal das einzig Vertraute. Und sie wollte bei ihm sein. Wo sie sich fallen lassen konnte und immer sicher aufgefangen wurde.

Wie Unrecht hatte sie ihm getan, dass sie das alles mit Füssen treten wollte.

Sie heulte und schluchzte.

Holger und die Rezeptionistin sahen sich kurz verwundert an, dann lief Holger zur Tür, die sich daraufhin öffnete und Ellen fiel ihm wie ohnmächtig in die Arme.

„Ist ja gut, Elli! Alles ist gut!", versuchte Holger sie zu beruhigen.

Er führte sie zu der kleinen Holzbank neben dem Eingang und als sie saßen, löste er sie vorsichtig von seiner Schulter und wischte ihr wortlos die Tränen von der Wange.

Als sie sich etwas beruhigt hatte fragte Ellen:

„Warum bist du hier?"

„Weil du schlechter zu erreichen bist als der Papst und ich mit dir reden will."

„Ich weiß ja schon alles. Vielleicht will ich ja gar nicht hören, dass du mich verlassen willst."

„Was? Wie kommst du denn darauf?"

„Holger, ich weiß das mit Helene. Ich weiß, dass ihr euch getroffen habt und dass ihr gestern länger in der Praxis wart und dass du dir für sie frei genommen hast und…"

„Was redest du denn da?"

„Birgit hat mir alles erzählt. Du brauchst es nicht mehr zu leugnen.", sagte Ellen betont cool.

„Elli, Ich habe mir frei genommen, um hier her zu fahren."

„Ach ja? Du hast dir für mich frei genommen? Das hat´s ja noch nie gegeben."

„Ich bin doch hier, oder?"

„Naja, schon..."

Ellen überlegte kurz.

„Aber gestern hast du Birgit weggeschickt, weil du mit ihr noch in der Praxis allein sein wolltest."

„Richtig! Ich habe ihr nahegelegt, einen neuen Job bei einem Kollegen anzufangen, den ich ihr besorgt habe."

„Warum?"

„Weil, naja, also weil sich herausgestellt hat, dass sie sich wohl in mich verguckt hat." Holger grinste breit. „Das fing an, etwas auszuarten. Sie hat mich hemmungslos angehimmelt und sich nicht mehr auf die Arbeit konzentriert. Da sind ihr immer öfter Fehler unterlaufen und das Betriebsklima hat gelitten."

Ellen nickte.

„Außerdem wollte ich auf keinen Fall meine Ehe gefährden!"

Beschämt wich Ellen seinem Blick aus als er fragte:

„Was ist denn hier passiert? Warum konnte ich dich nicht erreichen? Elli, du hast mir Angst gemacht. Sprich bitte mit mir!"

Da sah ihm tief in die Augen und sagte:

„Mir ist etwas klar geworden! Jetzt gerade! Ich bin Ellen Herbst!"

Holger hob erwartungsvoll die Augenbrauen.

„Verstehst du nicht?", fragte sie und sprang plötzlich auf.

Holger zuckte mit den Schultern und schüttelte den Kopf. Ellen hob die Arme, lachte über das ganze Gesicht und atmete tief ein.

„Ich bin Ellen Herbst, achtundvierzig! Nicht mehr Ellen Schubert, das Mädchen. Ich bin Ehefrau und Mutter. Ich habe Angst vor dem Alter und vor Bedeutungslosigkeit. Aber ich bin spießig und bequem."

Holger verstand immer noch nicht.

„Ist das jetzt gut?", fragte er.

„Ja!", Ellen lächelte. „Ja, ich glaube, das ist gut."

Ungläubig sah Holger sie an.

„Und dann kommst du jetzt mit mir nachhause?"

„Ja!"

Sie schlang die Arme um ihn und sie küssten sich lang und leidenschaftlich.

„Das ist gut.", sagte Holger dann. „Martin hat nämlich gefragt, ob du dich um die Galerie kümmern kannst, während Louise sich erholt und ich habe ihm zugesagt."

„Wie bitte? Ich habe doch gar keine Ahnung von sowas!"

„Martin sagt, schlimmer als Lou kannst du es auch nicht machen und sonst müsste er schließen. Ich dachte, du könntest so eine Herausforderung vielleicht gerade ganz gut gebrauchen. Womöglich ist das sogar was, mit dem du auf Dauer was anfangen kannst."

Ellen lächelte ihren Mann an, liebevoll und dankbar.

Kurze Zeit später stiegen beide am Hafen aus einem Taxi und erreichten soeben noch die Mittagsfähre zurück aufs Festland.

Ellen war glücklich. Als Holger vorhin plötzlich im Hotel vor ihr stand hatte sie, wie vom Blitz getroffen, schlagartig gewusst, dass sie zu ihm gehörte. Nachdem er die Sache mit Helene aufgeklärt hatte, war ihre heile Welt wiederhergestellt und fühlte sich auf einmal gar nicht mehr eng und langweilig an, sondern wunderbar harmonisch und beflügelnd leicht.

Die Sonne schien und es wehte ein warmer, leichter Wind als sie das Schiff betraten. Also suchte Ellen einen Platz an Deck, während Holger unten das Gepäck verstaute.

Sie fand eine sonnengewärmte Bank, setzte sich, lehnte sich mit geschlossenen Augen zurück und genoss die salzige Seeluft.

Hinter sich wusste sie die Insel und den Strand, an dem die Fähre immer vorbeifuhr. Ohne einen Blick zu riskieren, spürte sie ihn in ihrem Rücken. Den enttäuschten Blick von Christoph, der genau jetzt an eben diesem Strand auf sie wartete. Vergebens. Schon wieder.

Aber sie hatte sich entschieden!

Zumindest für´s Erste!

Herstellung und Verlag:
BoD - Books on Demand, Norderstedt
ISBN 978-3-7534-9132-5